Sonya
ソーニャ文庫

追放聖女にヤンデレ皇帝の執愛は重すぎる

あさぎ千夜春

JN153852

イースト・プレス

contents

一章「追放聖女の帰還」

何も感じない。心が動かない。

私は人形に過ぎない。

――だから、これ以上傷つくことはない。


「バルテルス臣民、控えよ！　そしてこれ以上なく深く、こうべをたれよ！　聖女リーゼロッテ様のご帰還である！」

バルテルス宮殿・聖堂の間に、皇帝ルカ・クラウスの声が朗々と響き渡る。

それをきっかけに、一斉に多くの貴族や聖職者たちが深く頭を下げた。

まるで並べた積み木が端から順に倒れていくような、見事な礼だった。

リーゼロッテの緑の目には滑稽（こっけい）に映ったが、彼らは自分たちの振る舞いをおかしいとは思わないのだろうか。

（ルカ……。あなたの声を聞ける日が来るなんて、五年前は考えもしなかったわ）

緊張した空気の中、リーゼロッテはこみあげてくる熱い気持ちを必死に飲み込みながら、胸を張った。

レースもフリルもついていない薄いベージュのドレスの上に、フードがついたミントブルーのマントを羽織ったリーゼロッテは、この場に居並ぶどの貴族よりも、粗末なドレスを身に着けている。

だがリーゼロッテは、そんな自分を、ちっとも恥ずかしいとは思わない。

帝都を追放されてから五年が経つのだ。プライドなどとうに捨てている。

離宮でひそかに暮らしていたにもかかわらず、その美貌で『バルテルスの花』と噂されていたリーゼロッテは、帝国民から石を投げられ、身ぐるみはがされたのちに身ひとつで追い出された。

失ったものは身分だけではない。

大帝国バルテルス皇女としてのささやかな自尊心、いつか家族になるはずだった婚約者。

そして唯一と言っていい心の支えだった騎士ルカ。

世間知らずの皇女だった自分の、初恋の人。すべてを失った。

思い出のすべてが砕け散った事実は、今でもリーゼロッテの心に深く刻み込まれている。

そう、なにもかもが夢だったと頭ではわかっているのに、リーゼロッテの胸は初恋の人に会えた喜びで、ドキドキと少女のように弾んでしまうのだ。

そんな自分が馬鹿だとも、甘ったれだともわかっているが、心臓の鼓動は自分の意識ではどうしようもない。

（ああ……しっかりしなきゃ……）

本当は、自分が誰よりも気弱で臆病で、自信がない人間だとわかっている。

それでもリーゼロッテは唇を引き結びながら、貴族たちの間を通り、神の像の前に立つルカにしっかりと目を向けた。

（ルカ……！）

天井を彩るステンドグラスから差し込む春の光が、リーゼロッテの華奢(きゃしゃ)な体を淡く、美しく、虹色に輝かせる。

かつて護衛騎士だったルカ・クラウス――いや、今の彼はリーゼロッテの騎士ではなくバルテルスの皇帝なのだから、ルカ・クラウス・ブレヒト＝バルテルスと呼ぶべきだろう。

見上げるほどのたくましい長身を濃紺の軍服で包み、艶やかな黒髪を首の後ろで色褪せたえんじ色のリボンで結んでいる。

意志の強そうな凛々しい眉の下には、深く切り込んだようなふたえ瞼(まぶた)の、燃えるような深紅の瞳が爛々(らんらん)と輝き、リーゼロッテをまっすぐに見つめて逸らさない。

彼はリーゼロッテの六つ年上だから二十八歳になっているはずだ。年を重ね、二十代の後半にさしかかり、五年前よりもさらに体は大きくなり、重厚な威厳すら感じる。

もともと騎士だった彼は、その辺の貴族よりかなりたくましいのだが、顔立ちが陶磁器でできた人形のように整っているせいか、粗野な雰囲気はなく、上品で端正だ。

その燃えるような眼差しに、リーゼロッテの胸は切なく締め付けられ、苦しくてたまらなくなる。

(きっと私のことを、苦々しく思っているでしょうね)

かつてこの国の皇女だったリーゼロッテは、五年前に多くの濡れ衣を着せられ追放された。

罪状は、貴族の男たちを寝取り、帝国の財産を横領し国庫を傾け、使用人を殺して血を浴びてその美貌を維持していた等々、でっち上げのめちゃくちゃなものだった。

当然の権利としての裁判すら行われなかった。

リーゼロッテを無実だと思っているのは、母方の祖父くらいで——とにかくこのバルテルス帝国においては罪人なのだ。その罪人を【聖女】として、再び帝国内に迎え入れなければならないのは、忸怩(じくじ)たる思いがあるに違いない。

「姫様、お手をどうぞ」

祭壇の下で待ち構えていたルカが右手を差し出す。

こちらの体が震えるような、低い声だ。

（昔と同じように、私を姫様と呼ぶのね）

身分を失った自分にその敬称はおかしいと思いつつも、口に出して否定するのも今さらだ。

リーゼロッテは表情を変えず、無表情でその手を取った。

指先が触れあった一瞬、彼の体がかすかに震えたような気がしたが、勘違いだろう。ルカのぬくもりに動揺しているのは自分のほうだ。

（こんなことで緊張してはだめ……私はもう皇女でもないし、彼の主人でもないんだから）

帝国は自分の居場所ではない。とにかく聖女としての務めを果たし、一刻も早く祖父のもとに帰るのだ。

リーゼロッテはルカに手を引かれながら祭壇の階段をのぼり、それから貴族たちを振り返った。

彼らは皆、リーゼロッテの発言を固唾をのんで見守っている。注がれる視線からは緊張と戸惑い、そして期待を感じた。

彼らはひそひそと、顔を近づけささやきあう。

「あれから五年もたったのか……生きておられたんだな」

「獄中で死んだと聞いていたが」

「見ろよ、あの輝くストロベリーブロンドを。信じられないほど美しいじゃないか……」

　ぼそぼそとリーゼロッテを品定めする彼らの目は、どこかよどんでいる。揃いも揃って、卑屈で陰湿な眼差しだ。

　五年前、権力闘争の末にリーゼロッテを追放したのは彼ら上位貴族である。

　皇帝の子供は何人かいたが、追放されたのは母親が違うリーゼロッテただひとりだった。理由は簡単。リーゼロッテを産んですぐに亡くなった母親は元侍女の平民で身分が低く、貴族社会において尊重される立場ではなかったからだ。

　リーゼロッテは、国民の不満を一身に受けるためのスケープゴートに仕立て上げられたのである。

　風の噂によると、他の兄妹たちは全員、帝国内や他国に散り散りになったらしいが、持参金を渡され、追放後もそれなりの生活を送っているという。

　皇帝だった父は帝位から下ろされた後体調を崩し数年後に亡くなったらしいが、一方的な暴力にさらされ死にかけたリーゼロッテに比べれば、大したことはないだろう。温かいベッドで眠るように死ねたのだから。

（この場にお父様がいなくて、よかった……）

　愛された記憶はないが、自分は父が死ぬ時に思い出してもらえたのだろうかと、そんなことを考えてしまう。

最初からそんなものはなかったというのに、見捨てられた今でも、家族の愛を信じたいと思っているのかもしれない。そんな自分に、また腹が立つことの繰り返しだ。

(あぁ……気分が落ち込むわ)

貴族たちはひそひそとささやきながら、リーゼロッテの一挙手一投足を見守っている。

彼らは冷遇した元皇女に頼らなければならなくなったことを、いったいどう思っているのだろう。

だがここでリーゼロッテの協力が得られなければ、帝国は緩やかに滅ぶしかない。

たとえ腹の奥でなにを考えていようとも、リーゼロッテに服従する態度を取る必要がある。

なにもかも投げ出して、帝国など滅んでしまえばいいと思う投げやりな気持ちが胸をよぎるが、そんなことができるはずはない。

自分の感情と多くの人の命を、天秤にかけることなどできない。

(ちゃんとしなきゃ。もう私は昔の、何も知らない子供ではないもの)

リーゼロッテはゆっくりと息を吐き、脳裏に懐かしいフィドラーの森を思い描く。

清廉(せいれん)で澄んだ空気と、美しい湖。

夕日が落ちる山の稜線や、祖父の愛する素朴な領民たち。

軽く深呼吸して呼吸を整えた後、リーゼロッテは頭にかぶっていたフードを下ろす。

ふわふわと波打つ豊かなストロベリーブロンドが太陽の光を浴びてキラキラと輝き。、窓から吹き込む風に吹かれて広がる。

貴族たちの目にはまるで女神像のように映り、より一層リーゼロッテを神秘的に見せた。

「帝国貴族の皆様、リーゼロッテ・フィドラーと申します。かつて、石を投げて追い出した私が戻ってきたこと、さぞかし苦々しく思っておられることでしょう。私もまだ、自分がここに立っていることを、うまく飲み込めていません」

リーゼロッテがゆっくりと口を開くと、聖堂は水を打ったように静かになった。

それからざわざわと、ゆっくりと、動揺が波のように広がっていく。

「追い出したって……」

「いや、それは事実だぞ」

「リーゼロッテ様は皇族でただひとり、帝国から罪人として追放されたのだからな」

彼らはすがるように、涼やかなリーゼロッテの声に耳を傾け、固唾をのんで次の言葉を待っている。

「ですが、魔物と瘴気でこの国の民が苦しんでいること、大変痛ましく思います。私の力でそれを解消できるのなら、力になりたいと思っております」

落ち着いた口調のリーゼロッテの発言を聞いて、貴族たちはホッと胸を撫でおろし、表情がみるみるうちに晴れやかになっていく。

事実、帝国を取り巻く瘴気はこの数年で年々濃くなっており、かつては繁栄の限りを尽くした帝都でも、水はよどみ不作が続き、国力は下がる一方だった。腐敗しきった皇室を解体し、長く続いた戦争を終わらせた英雄ルカ・クラウスですら、瘴気はどうにもできなかった。

この窮地を救えるのは、追放されたのちに精霊の加護を得た、元皇女のリーゼロッテだけなのだ。

「りっ……リーゼロッテ様、万歳ッ！」

若い貴族の男が立ち上がり拍手をすると、周囲の貴族たちも右に倣えで手を叩いた。

「聖女リーゼロッテ！」

「精霊の加護に感謝を！」

聖堂に集まっている貴族たちは、我先にと、熱狂したように手を叩き声を上げる。

その白々しい賞賛を浴びながら、リーゼロッテの横顔はどんどん冷えていく。そしてあの日、フィドラーの森に帝国の使者がやってきた日のことを、思い出していた――。

＊＊＊＊＊

帝国の端にある小国の、これまたうんと奥にある通称フィドラーの森は、朝日を浴びキラキラと夜露(よつゆ)を輝かせて、春の訪れを告げている。水源豊かなこの森は、昔から珍しい薬草が群生し、沿岸の海へと続く大きな川を擁しており、領民たちの生活を護っていた。

この土地の領主は、リーゼロッテの母方の祖父であるフィドラー伯爵だ。もともと学者で医者だったが、宮廷で働いていた娘が皇帝のお手付きになり、子を産んだ功績から伯爵領を拝領し、この土地に移り住んだ。

恐れ多くも一人娘が皇帝の子を産んだというのに、与えられた領地で今も昔も医者の仕事を黙々とこなしている。

だからこのフィドラーの森の領民たちは、新しい領主は変わり者の貴族だと思っているし、死にかけて担ぎ込まれたリーゼロッテのことも、『なにか事情があって祖父のもとにやってきた孫娘のリズ』としか認識していない。

帝都を追放されてから五年。リーゼロッテも祖父も、領民も、この平和な日々が続くと信じていたのだった。

閉じた瞼に朝日があたる。

「ん……んん～～……」

ベッドの中で寝返りを打ち、何度か瞬きを繰り返してむっくりと体を起こすと、リーゼロッテの周りに太陽のきらめきが集まり、キラキラと光を放ち始める。

「おはよう……」

声をかけると同時に、それらは返事をするようにまたたき、そのままうっと溶けるように消えていく。彼らは精霊だ。この森は自然豊かで、今でも当たり前のように精霊が息づいている。

加護がなくとも、小さな子供や勘の鋭い人間は精霊の息吹を感じることができる。

村の年寄りたちが言うには、子供の頃には加護持ちはそれほど珍しくなかったらしい。

なのでリーゼロッテも、この村では当たり前の存在として受け入れられているのだ。

「はふ……」

おっとりとあくびをしたあと、のんびり身支度を整えて食堂へと向かう。

「みんな、おはよう」

女中たちに声をかけると、

「リズ様、おはようございます！」

と、皆がにこやかに応える。

祖父の屋敷には十人程度の使用人がいるが、全員が近くの村の住人だ。身寄りのない人間は住み込みで、家族を持っているものは通いで雇っている。

そこでひとりの青年が、リーゼロッテの顔を見るや否や、慌てたように駆け寄ってきた。

「あ、あの、リズ……、お願いがあるんだけど！」

「どうしたの？」

彼は村長の息子だ。リーゼロッテのいくつか年下で、文学を愛する落ち着いた青年である。彼はもじもじと、緊張したように、かぶっていた帽子を胸の前で握りしめる。

「実は村の西にある湖に、瘴気が発生してさ」

「まぁ……最近増えたわね」

「そうなんだ。その……バルテルス都市部から、じわじわと広がってるらしくって」

少し言いにくそうにしているのは、村長の息子である彼はリーゼロッテのことを、皇女とまでは知らずとも、事情があって帝国からやってきた元貴族だと知っているからだ。祖国の悪口を言っていると思われたくないのだろう。

優しい子だと思いながら、リーゼロッテは小さくうなずいた。

「今日中に確認しておくわね」

瘴気は魔獣の死体から発生すると言われている。魔獣の死体は数百年経っても土地に呪いとして残り続けるだけでなく、戦争や争いで流れた血を媒体にして瘴気を発生する。自然と親和性が高い精霊たちは瘴気を嫌い、人を媒体にしてそれを癒す。リーゼロッテの精霊の加護は、そういうものだ。精霊と人間は、持ちつ持たれつの関係なのである。

（村のために働ける力があってよかったわ）

皇女だった頃は、誰かのために働くなんて考えたことがなかった。自分は多くの人たちに生かされていたというのに、気づけなかった。本当に子供だったのだ。

「よかった……ありがとう、リズ」

彼はホッとしたように笑みをこぼすと、それから改まって顔を寄せる。

「その、よかったら近いうちにうちに来ないか？　帝都から新しい本を取り寄せたんだ」

「本当？　楽しみ」

にっこりと微笑みかけると、彼は顔を真っ赤に染めて、

「約束だからね」

と言い、周囲にも軽く会釈をしてそのまま食堂を出て行った。入れ違いに祖父が食堂にやってくる。

「おじい様、おはようございます」

「おはよう、リズ」

彼は優しく孫娘をハグしながら、銀色のひげを手のひらで撫でる。

「村長の息子が来ていたようだが、デートの誘いか？」

祖父は軽い調子ですぐにこんなことを言うので、つい笑ってしまう。リーゼロッテは苦笑しながら首を振った。

「西の湖のあたりに瘴気が出たんですって。その報告よ。後で見に行ってみるわ」

すると祖父はどこか渋い表情になって、唇をへの字にする。

「前々から噂になっていたが、とうとうこんな大陸の端まで瘴気が湧いて出たか……バルテルスはもうだめかもしれんな」

あまたの国々を支配下に置くバルテルス帝国には、抑えきれないほどの瘴気が満ちている。

瘴気が満ちれば水は濁り、食物は腐敗していく。緩やかに人々は死に至る。

「なぜ瘴気を払わないの？」

「できないからだよ、リズ。いまやお前が持つ加護は本当に稀少なんだ」

「帝国にはたくさん人がいるのに……不思議ね」

自分の力がそれほど特別だと思っていないリーゼロッテの問いかけに、祖父はテーブルについて、深いため息をついた。

「私が若い頃は、帝都も自然豊かな美しい都だった。だが年月が経ち、森は失われ河川はよどみ、精霊が離れてしまった。精霊がいなくなれば加護も与えられないだろう？」

基本的に精霊はその土地につく。

五年前、なぜ精霊たちがリーゼロッテに加護を与えたのか不思議だったが、死にかけていたからこそ、長くこの地にとどまり、フィドラーの森を守ってくれそうだと感じたのかもしれない。

実際、目が覚めてからは、リーゼロッテはこの森のあちこちで瘴気を払っている。それは祖父の土地だからという以上に、命を助けてくれた精霊への恩返しだと思っているからだ。

「リズ。私はこのフィドラーの森の瘴気ですら、お前が浄化する必要はないと思っているよ」

「おじぃ様……」

「確かにお前なら瘴気を消せる。だがお前の献身がなければ立ち行かない環境には問題があるだろう。根本的な解決になっていないじゃないか」

「それはそうだけど……このフィドラーの森は私の故郷でしょう？　ここで暮らして生きていくんだから、自分のためでもあるのよ」

自分の部屋が汚れていたら、窓だって拭くし床を磨く。リーゼロッテにとってはそのくらいの感覚なのである。

「むぅ……それは、そうかもしれんが……お前は自分を顧みないから、心配なんだよ」

不服そうな祖父は短く刈り込んだ顎ひげを手のひらで撫でながら、渋い表情になった。

(自分を顧みない……か)

祖父はリーゼロッテが自分の感情を押し殺して日々生きていることを、ずっと気にしているようだった。

だがそれをいくら指摘されても、どうしようもない。自分はもうそういうふうにしか生きられないのだ。せめて優しい祖父が心を痛めないよう、やりたくてやっているのだという気持ちを前面に出すしかない。

リーゼロッテはにっこりと明るく微笑む。

「確かに環境の改善も必要だとは思うけれど、それはそれ、だと思うわ。大丈夫よ。私は無理なんかしてないから、これからも自分にできることをやります。今の私があるのも、みんなのおかげだから」

そこまできっぱりと言い切ると、祖父は軽く肩をすくめ、改めてリーゼロッテを抱きしめる。

「わかったよ。お前は私の誇りだ」

リーゼロッテはゆっくりと息を吐いて、それから気を取り直したように尋ねる。

「今日はなにかお手伝いすることはある？」

パンをちぎりながら尋ねると、祖父も薄く笑って、

「ではハーブを採ってきてもらおうかな。雨が続いて、ぐんと伸びただろうからね」

と、答える。

テーブルの上には焼き立てのパンと、ミルク、チーズ、野菜のスープ、そしてリーゼロッテがカットしたみずみずしいりんごが並べられた。

五年前は果物ナイフすら持ったことがなかったが、今は祖父のおかげでりんごだって剝けるようになった。オーブンで甘い菓子も焼ける。

「何を作るの?」

「やけどの軟膏と、あかぎれの薬だよ」

「じゃあ白柊の葉とバロワの若芽を取ってくればいいのね」

脳内で群生地を考えながらつぶやくと、祖父は嬉しそうに唇の端を持ち上げた。

「もうすっかりハーブ博士だな」

「私の力ではないの。精霊や森の動物たちが教えてくれるのよ」

するとどこからともなく現れた長毛のハチワレ猫が、テーブルの上にニャッ! と鳴きながら飛び乗り、長くふかふかの尻尾でリーゼロッテの頬を撫でた。

「フィン」

咎めるように名を呼ぶと、彼は金色の瞳を輝かせながら、

『けちけちするな』

と微笑む。

「そうじゃなくって。テーブルの上にのってはだめと言ったでしょう」

『うまそうなものがあったら、てがのびる』

フィンは、リーゼロッテのグラスからミルクを直接飲み始める。

「もうっ……」

精霊は物質としての食べ物など必要としないのに、なぜかフィンはわざわざこんなことをする。

「お前は食いしん坊なんだから」

彼のもっふもふな背中を手のひらで撫でていると、向かいに座った祖父がクスクス笑いながら猫と孫娘を温かい目で見つめた。

「お前たちがなにを言い合っているのか、なぜかわかる気がするんだよなぁ」

祖父の言葉に、リーゼロッテは笑って、テーブルの上のフィンを抱き上げた。

「私とフィンが仲良しだからね、おじい様」

顔とお腹と手足の先が白く、それ以外は真っ黒。誰が見ても愛すべき長毛ハチワレ猫なのだが、フィンの正体はリーゼロッテの守護精霊で夜の眷属(けんぞく)だ。

猫の形をしているのは、昼間にたっぷり寝ていられるから、ということらしい。

精霊の加護にはさまざまな形がある。普段の彼らは目に見える存在ではないけれど、こうやってたまに、わざわざ生き物の形をとって、人間と意思の疎通を図ろうとする変わった精霊もいる。

リーゼロッテも、フィンになぜそばにいてくれるのか尋ねたことがあるが、

『おまえをきにいったから』

と、笑うだけだった。

あくまでも伝説に過ぎないが、精霊に好かれた人間は死後、精霊の世界に連れていかれるのだとか。命を救ってもらった自覚があるリーゼロッテは、死んだ後くらい彼の好きにしてもらってもいいと、本気で思っている。

まぁ、とにかく。精霊という存在はあまりにも超自然的な存在で、気まぐれで、人の理解の範疇には及ばない。人間ごときが考えても無駄なのだ。

それからリーゼロッテはゆっくりと朝食を済ませ、食後のお茶を飲んだ後、身支度を整えて薬草を取りに出かけることにした。

ちなみにフィンは『おれはいかない。ねる』と姿を消した。フィンがいてくれたら薬草摘みも早く終わるのに、と残念だったが仕方ない。

縦縞のコートドレスの上に白いエプロンをつけ、籠を持ったリーゼロッテは、白柊の葉とバロワの若芽を摘みに森の奥へと向かったのだった。

湖に向かう途中、弱っていた木々などを見れば祈りを捧げて瘴気を浄化する。瘴気を払うこと自体は難しくない。深く瞑想し、自分と自然がひとつになるまで深く祈る。

そうすることによって瘴気は霧のように消える。あくまでもリーゼロッテの感覚でしかないのだが、祈っていると、瘴気は氷が解けていくように小さくなって消えるのだ。

(魔獣だって、死後は安らかに眠りたいだけなのかもしれない……)

そうして祈りつつも、目当ての薬草を探していると、あっという間に時間が経っていた。

「ふう……」

額にかすかににじむ汗を拭きながら、空を見上げた。気が付けば太陽の光が空の真上に差し掛かっている。

「もうお昼だわ」

リーゼロッテはあたりを見回し、適当な岩に腰掛けて、持参してきたチーズを挟んだシンプルなサンドイッチにかじりつくことにした。途中、サンドイッチを寄越せと言ってくる小鳥たちにパンを譲り、また薬草を探す。

そうして気が付けば、とっぷりと日が暮れ始めていた。

「あら……」

夕焼けの空を横切っていく鳥たちの群れを見上げ、リーゼロッテは改めて本日の収穫を確認する。

すぐに白柊の葉はすぐに見つかった。だが問題はバロワの若芽だ。バロワは風通しがいいところでしか群生せず、そのくせ直射日光に弱いという難儀な植物なのである。数をそろえるのはなかなかに難しい。

「残りは明日かな……」

普段は平和な森だが、自然も豊かなためどんな獣と鉢合わせるか、わからない。

リーゼロッテは森を出て帰路を急ぐことにした。日が落ちる前に帰らなければ、とたんにあたりは真っ暗になってしまうのだ。

(今日の夕食は、白身魚の香草パン粉焼きなんていいわね。デザートにはりんごのケーキを出して……)

そんなことを考えながら、遠くに見える丘の上の屋敷に向かって歩いていると、

「リズ……!」

村長の息子が血相を変えて走ってくるのが見えた。

どうしたのかと首をかしげると同時に、彼はリーゼロッテの肩をつかみ叫ぶ。

「にっ、逃げるんだっ!」

「え……? 逃げるって、なに……どうして……」

まさか火事でも起こったのだろうかと、動揺しつつ屋敷のほうを見て、全身から血の気が引いた。

玄関前に村では見たことがない黒づくめの男たちが立っていた。しかも彼らの背中のマントには、バルテルス帝国の紋章である獅子と百合が描かれていたのだ。

「ひっ……!」

全身がひきつり、喉から細い息が漏れた。

五年前、彼らに引き立てられて宮殿を追い出された日のことが走馬灯(そうまとう)のように蘇り、全

身を雷が貫いたような衝撃が走る。

(帝国騎士……！)

もしかしてリーゼロッテが生きていたことを、どこかで知ったのだろうか。

改めてリーゼロッテの息の根を止めに来たとでもいうのだろうか。

帝都を追放される時、石を投げる国民たちのさげすんだ眼差しを思い出し、喉が締まる。

「リズ！　しっかりして！」

「っ……」

彼は凍り付いたように立ち尽くすリーゼロッテの肩を揺さぶる。だがその瞬間、屋敷の前にいた騎士たちが、こちらを見て声を上げた。

「いたぞ！」

「あのストロベリーブロンドは、間違いない！　リーゼロッテ様だ！」

そして男たちはそのまま全速力で、こちらに向かって走ってくる。

「あっ……早く行って！」

「っ……」

背中を押されたリーゼロッテはハッと我に返り、よろよろしながら踵(きびす)を返して走り出していた。

(いや、もう、いや……！)

恐怖でぽろぽろと涙がこぼれる。

死が怖いのではない。リーゼロッテは人に疎まれるのがなによりも怖かった。

侮蔑の眼差しでリーゼロッテを拘束した騎士や、遠巻きに見つめる女官たち、石を投げた国民たちの顔が忘れられない。

今でもたまに悪夢を見ることがある。うなされてベッドから飛び起きる。

『バルテルスの毒花！』

自分たちの苦労はすべてあの女のせいだと、リーゼロッテを憎む多くの人の罵声を怨嗟の声を、たった五年で忘れられるはずがない。

自分は生きている価値がない、馬鹿な皇女。いっそ消えてしまった方がいいのだと、リーゼロッテは深く傷ついて、それでも自分で命を絶つことはできず、こうやって誤魔化し誤魔化し、生きてきたのだ。

「っ、はあっ、はあっ……」

走り続けて息があがる。

助けて。

助けて――？

いったい誰が、リーゼロッテを助けてくれる？

全速力で走りながら、脳裏に、かつて自分に仕えてくれていた騎士の姿が浮かぶ。

『リーゼロッテ様』

リーゼロッテの名前を呼ぶ艶のある低い声。彼は美しい黒髪と深紅の瞳を持つ、優しい人だった。寡黙(かもく)ではあるけれど、穏やかで、物静かな男だった。

だがリーゼロッテがほのかに恋心を抱いていた彼はもういない。

リーゼロッテを追放した後、皇帝の地位についた彼は、もうリーゼロッテの騎士ではない。

(ルカ……！)

ルカ・クラウス。今はバルテルスの皇帝になっている彼が、リーゼロッテを殺せと命じたのだろうか。表舞台に出ず静かに生きているだけなのに、それも存在が許されないとでもいうのだろうか。

恐怖と混乱で頭は真っ白で、体よりも心がバラバラに砕け散ってしまいそうだった。

「はぁっ……はぁっ……」

どれだけ息を吸っても肺に入っていかない。そもそも体力があるほうではない。村の外れにほど近いところで力尽き、足がもつれて倒れこんだ。

あっという間に騎士たちに取り囲まれてしまった。

「皇女様だ！」

「本当に生きておられた！」

こちらを見下ろす威圧感に喉が締まり、息が止まりそうになる。もう悲鳴すら出なかった。

（私……死ぬんだ……）

五年前、一度死にかけてからもう死は怖くないと思っていたのに、もっとおじいちゃん孝行したかった、とか。村の小さい子供たちに教えていた勉強が、もうだめになってしまうのか、とか、ささいな出来事が脳裏をよぎる。

（最後にもう一度――ルカの顔を見たかった……彼の声を、聴きたかった……）

疎まれているというのに、いつまで彼のことを考えてしまうのだろう。

我ながら女々しくて嫌になる。

「っ……」

死を覚悟し、頭を抱え身を縮こませるリーゼロッテの前に、

「お前たち、リーゼロッテ様から離れろ！」

ひとりの壮年の騎士が騎士たちを割って入り、リーゼロッテの前に腰を下ろす。

「リーゼロッテ様、驚かせてしまい申し訳ございません。私は帝国より参りました、聖騎士のアルヴィンと申します。どうぞお顔を上げてください。我々はあなたに決して危害をくわえたりしません。神に誓ってお約束します」

リーゼロッテは震えながらアルヴィンと名乗った彼を見上げた。

聖騎士なら、おそらく人をいきなり斬りつけたりはしないはずだ。なによりその声色に敬意を感じる。

緊張を緩めたリーゼロッテを見て、アルヴィンとそのほかの騎士たちはそろって緊張した様子でその場に跪き、うやうやしく頭を下げる。

五年前、リーゼロッテを捕まえて引きずっていったような空気ではない。

「で、では……いったいどういうつもりで、ここに？」

おそるおそる尋ねると、

「バルテルス皇帝の命により、お迎えに上がりました。精霊の加護をお持ちのリーゼロッテ様に、お力を貸していただきたい。どうぞ帝都にお戻りくださいませ」

聖騎士はリーゼロッテが考えうる中で、もっとも恐ろしいことを言い放ったのだった。

＊＊＊＊

「リーゼロッテ様、万歳！」

「聖女様！」

聖堂に響き渡る貴族たちの声は、いつまで経ってもやまなかった。

リーゼロッテは、帝国貴族たちの拍手喝采を冷めた目で見つめながら、うっすらと微笑む。

（それにしても、皮肉なものね）

リーゼロッテが瘴気を払う力を得たのは、追放時に死にかけたことがきっかけだった。押し寄せた民衆たちに石を投げられ、そのうちのひとつが、たまたま護送の馬車に乗り込む直前のリーゼロッテの頭を打った。傷の手当ても十分にされないまま帝都を追い出され、バルテルス帝国の領地でもある、隣国の母方の祖父の屋敷に着いたときは、生死をさまようまでに衰弱していたらしい。

その後、医者である祖父の手厚い看病のおかげでなんとか生き延びたリーゼロッテは、目を覚ました時に精霊の声を聞けるようになっていたのだ。

自分でなにかをしたわけではない。ただ一方的に精霊に見初められ加護を与えられた。なぜ自分が、と考えたが答えは出なかった。精霊は人知の及ぶ力ではない、自然の一部なのだから、そういうものだと受け入れるしかない。

だがそれが巡り巡って、自分からすべてを奪った帝国を救うきっかけになるなんて、いったい誰が想像できただろう。

「リーゼロッテ様」

隣に立っていたルカが、リーゼロッテの名を呼ぶ。拍手喝采はいまだに鳴りやんでいなかったが、ルカの声は不思議と耳にすうっと入ってくる。

彼に会いたかったし、声を聞きたかったのは事実だが、いざ対面すると心がすくんでしまう。どんな顔をしていいかわからない。

曖昧(あいまい)な表情のまま顔を上げると、ルカはリーゼロッテの手を取ったまま、顔を覗き込んできた。

「長旅でお疲れでしょう。お部屋を用意しておりますので、こちらへ」

凛々しい眉の下の深紅の瞳は、いたわるようにリーゼロッテを見つめていた。

もしかしたら疎ましく思われているというのは、自分の勘違いかもしれない、と思うほどに、優しい眼差しだった。

かすかにスモーキーなベルガモットの香りが漂う。身にまとっている服に焚きしめられているのか、それとも香水を使うようになったのかはわからないが、どちらにしろ五年の年月を感じる。

そして五年前よりもずっと、彼との物理的な距離が近い気がして戸惑ってしまった。

「――いいの？」

意識しているなんて思われたくなくて、なんでもないふりをして尋ねる。

それはこの場の熱狂を放っておいていいのか、という意味だったのだが、

「この城はあなたのものです。帝国も、すべて。自由にふるまってください」

ルカはそう言って、リーゼロッテの手を取ったまま歩き出した。

国教である『神の灯火聖教会』の聖堂は、宮殿の東に位置している。宮殿とは長い廊下で繋がっており、その途中にはいくつもの庭園がしつらえられていた。聖堂を出ればあっという間にあたりは静寂に満ちた。これらすべてがリーゼロッテのものだと言われても、意味が分からない。リーゼロッテはクスッと笑い、隣を歩くルカを見上げる。

「バルテルスの皇帝はあなたでしょう?」

それは皮肉でも何でもない、ただの事実だ。

一向に楽にならない暮らしの中、国民たちは鬱憤をためており、そのため権威の象徴である皇族は憎まれてすらいたと知ったのは、城を追われた後だった。皇帝の跡継ぎ問題を発端に、腐敗した皇帝一族の政治を一新し、周辺諸国との長く続いた戦争を終わらせた英雄は、熱狂を持って市民に迎えられたという。

誰よりも強く若く美しい、清廉潔白なルカ・クラウス。彼は皇帝の地位に就くや否や、臣民に向けてほとんどすべての皇帝特権を捨てると宣言した。

それは毎年当たり前のように懐に入る目が飛び出るような金額の税金収入だったり、自身の身内を政治の要職に就かせることができる、そういった権利である。そして形ばかりでほぼ機能していなかった議会政治の再開を、帝国民たちに向けて約束したのだ。

議員は三年に一度、帝国民の投票によって選ばれる。同時に地方都市開発や教育、医療施設などの整備に、皇族たちの私的財産としてため込んでいた金貨を湯水のごとく放出し始めた。これで国民に人気が出なかったら嘘だろう。こうして国民たちは新しい皇帝を熱狂的に迎え入れたのだった。

　この五年で帝都内の貧民窟は縮小し、治安は一気によくなったという。瘴気の問題さえどうにかなれば、ルカはバルテルス の歴史史上、もっとも偉大な最後の皇帝として名を残すはずだ。

　だがルカはリーゼロッテの言葉に物憂げに目を伏せた後、歩きながら口を開く。

「──誰かが上に立たねばならず、暫定的に……俺が、皇位に就いているだけです」

「謙遜しないで。あなたはとても優秀な人でした」

　自分だけの騎士だった頃の彼を思い出し、そうつぶやく。

「そんなことはありません。姫様はご存じだと思いますが、俺は欠陥人間なので」

　ルカはふっと笑って、首を振った。

『欠陥人間』

　ルカはリーゼロッテに仕えていた頃から、よくそんなことを口にしていた。

『自分は欠陥人間です』と。

　なにがどう欠けているのかと、聞いたことはない。そこまで踏み込めない気がしていたから。

　だが、士官学校で優秀な成績を収め、どんな名門貴族の騎士にだってなれたはずなのに、彼が選んだのは『外れ姫』と名高いリーゼロッテだった。確かに変わっているとは思うが、『欠陥』と言われるほどのことではないように思う。

「……あなたは完璧な騎士でした」

そう、少なくとも自分にとって彼は唯一無二の騎士だった。

リーゼロッテの発言に、彼はなぜか傷ついたような顔をして、それから自嘲するように目を伏せる。

なにかを言いかけて、結局唇を引き結び、それから一瞬だけふたりの間に流れた空気を吹っ切るように、ルカは中庭に視線を向け、落ち着いた声で言葉を続けた。

「庭もかなり変わりましたよ。お気に召していただけるといいのですが」

かつてこの宮殿は左右対称の幾何学的な構造をしていたはずだが、あちこちに花がいけられ、穏やかな自然を生かした雰囲気に変わっている。

「……前より、優しい雰囲気になった気がします」

ぽつりとつぶやくと、ルカの表情がパッと明るくなった。

「少しでも姫様のお気持ちが慰められればと思い、急いで改修を施しました」

あまりにも嬉しそうに目を細めるものだから、騎士時代の彼を思い出し、リーゼロッテは複雑な気分になった。

彼はリーゼロッテが十五の時から、約二年間、護衛騎士としてそばに仕えていた。

体は大きいが粗野なところはひとつもなく、細かいことによく気が付く性格で、低い声でゆっくりと話す落ち着いた青年だった。他の侍女たちからは「私たちの仕事がなくなります」と、何度も言われるほどに、彼はかいがいしくリーゼロッテの世話を焼いていた。

歩幅だって彼の長い足の一歩はかなり大きいはずだが、ちまちまと歩くリーゼロッテに歩調を合わせて、ゆっくりだった。

リーゼロッテの好きな紅茶や、果物。好きな音楽、読書傾向だって知っていた。

彼が自分のそばにいたのはたった二年だが、家族よりも顔を合わせている。濃密な時間だった。そしてリーゼロッテが初めて、他人に大事にされていると感じることができた二年間でもある。

誰からも尊重されていない自覚のあったリーゼロッテが、彼に淡い恋心を抱いてなんの不思議があるだろう。もちろん、その感覚はすべてまやかしだったわけで、今や立場は逆転している。

皇帝と、平民になってしまった元皇女。しかも自分は罪人だ。自分に敬意など必要ないと言おうか迷ったが、結局言葉が出てこず、リーゼロッテは口をつぐむ。

(私がなにを言ったところで……そよ風よりも些細で、意味のないことよ)

それからふたりで庭を横切り、離宮の緩やかな螺旋階段をのぼり、南向きの美しい部屋に通される。

「こちらが、姫様に過ごしていただく部屋になります」

ドアを開けたルカが、リーゼロッテに微笑みかけた。

部屋は薄い黄色のアラベスク模様の壁紙が張られた美しい部屋だった。天井は高くクリスタル製のシャンデリアがキラキラと輝いており、凝った細工が施されている書き物机と天蓋（てんがい）付きのベッドやソファーが足が沈みそうなくらいふかふかした絨毯（じゅうたん）の上に、美しく配置されている。

「カーテンを開ければ、いつでも薔薇園をご覧いただけますよ」

少し弾むような足取りで壁際まで移動したルカが、壁一面の窓にかかる天鵞絨（ビロード）のカーテンを、手慣れた様子で開けてタッセルでまとめる。

彼の言う通り、目の前には色とりどりの春の薔薇が一面に広がっていた。深紅の薔薇や薄桃色、白、黄色など、さまざまな品種の薔薇に目が奪われる。

「まぁ……」

思わず感嘆の声が漏れたが、

「足りないものがあったら、なんでも言ってください。すぐに用意しますから」

と、少し先走り気味に告げるルカに、さすがにこれは過ぎた待遇だと感じたリーゼロッテは、なるべく静かに口を開いた。

「陛下。お気遣いには感謝いたしますが、過剰な接待は無用です。こんなふうにしていただかなくても、瘴気は払いますし、民のために祈ります」

「──リーゼロッテ様」

「様なんて、敬称も不要です。私はもう皇女ではないし、便宜上、祖父のフィドラーを名乗っていますが、貴族でもありませんから。もはや死んだ人間です」

リーゼロッテは窓辺に向かいつつ、マントのリボンをほどきながら言葉を続ける。

「瘴気の話をしましょうか。発生場所はすべて把握しているのでしょうか？　まずは帝都から近い場所から順番に瘴気を払い、徐々に遠くに足を延ばすのがいいかと思います。人の多い場所での噂はすぐに広まりますから、待っている方も希望を持てるでしょう。そうして帝国中の瘴気を払ったら、そのまま祖父のもとに帰ろうと思います」

部屋を整えてもらってなんだが、正直言って、帝都からは一日でも早く出たかった。役目を果たしたら、フィドラーの美しい森に帰るのだ。そして今まで通り、穏やかに暮らしたい。

脱いだマントを手に持ったところで、

「あなたは死んでなど、いない……！」

背後からにゅっと突き出した腕に、突然リーゼロッテの体は抱きすくめられていた。

「!?」

踵（かかと）が持ち上がる。一瞬、なにが起こったかわからなかった。

だが壁一面のガラス窓には、確かにルカがリーゼロッテを背後から抱きしめている姿が映っていて――。

「陛下……？」

リーゼロッテはおののきながら、肩越しに振り返る。突然の抱擁に戸惑ったが、さすがにこれはまずい。とんでもなく、いけないことをしている気がする。

リーゼロッテは身じろぎしながら、もう一度声を上げた。

「陛下……陛下……！　御戯れが過ぎます、離してくださいっ！」

久しぶりに大きい声を出したかもしれない。リーゼロッテの心臓が胸の内で跳ね回る。ドキドキしすぎてこめかみが痛くなった。

その一声に彼は雷に打たれたように体を震わせたが、

「いやだっ……」

腕の力を緩めるどころか、より一層きつく、リーゼロッテを抱きしめる。

「姫様……ずっと、ずっと、お会いしたかった……」

首筋から、苦悩に満ちた声が響く。彼の吐息が肌に触れて、体がゾクゾクと震えた。

「えっ？」

肩越しに振り返った瞬間、ルカは無言でリーゼロッテの顎先を指で持ち上げ、そのまま上から覆いかぶさるように口づける。彼の首の後ろの色褪せたリボンが、たらりと垂れて視界を遮(さえぎ)った。

「っ……！」

唇に触れる柔らかい感触に、頭が一瞬で真っ白になった。唇をむさぼられ、彼の舌が強引に口内に滑り込んできて、ハッと我に返る。

これはキスだ。恋仲の男女がするような、情熱的で熱烈な口づけ。甘美な夢に身を任せたいという気持ちが、ほんの一瞬だけ脳裏をよぎったが、それでいいはずがない。

「んっ……」

身をよじりながら、強引に彼の胸に両腕をついて押し返す。

だがいくらじたばたしてもルカの体は大木のようにどっしりと根を張っていて、華奢なリーゼロッテが少々暴れたくらいではびくともしなかった。それどころか、彼は抵抗を封じるように、そのたくましい腕でしっかりとリーゼロッテを抱きしめて、口づけを深くしていく。

ルカの舌は熱く、リーゼロッテの口内を味わうようになまめかしく動き、口蓋(こうがい)をなめ上げ、唾液をすすった。

息継ぎのために唇がほんの一瞬ずれた時は、必死に「やめて……」とか「だめ……」だとか口にしたのだが、結局ルカは聞き入れてくれず、また息が止まるような口づけを重ねる。

「姫様……逃げないで……」

「そんな、あ、ンッ……」

舌が絡み合い、ちゅくちゅくといやらしい音が頭の中で響き、眩暈(めまい)がした。もう、とても立っていられない。

「あっ……」

足がもつれ、そのまま膝から崩れ落ちそうになる。

だが次の瞬間、ルカの大きな手がリーゼロッテのしなやかな背中を撫でて、腰をさすり、まろやかな尻を柔らかくつかむ。

全身に雷が落ちたような甘い衝撃が走った。腹の奥が締め付けられるような、痛み。それはあまりにも甘美な感覚で。混乱はあれども恐怖はない、そんな自分にリーゼロッテは驚いてしまった。

そうして彼はリーゼロッテを軽々と腕の中に抱き上げると、下からまっすぐに、こちらを見上げてくる。

彼の凛々しい眉の下で熱っぽく輝く深紅の瞳に、これはいったいどういうことなのかと、リーゼロッテは頭が真っ白になる。

(もしかして……私を篭絡(ろうらく)して、利用しようとしている……?)

帝国中の瘴気をひとりとおり浄化したとしても、それで終わりではない。瘴気はよどみで

あり、放っておけばまた発生してもおかしくないのである。そうしないための努力が人間の側には必要なのだが、手元にリーゼロッテさえ置いていれば、確かに彼らの仕事はグッと楽になるはずだ。

瘴気が発生するたびに、リーゼロッテに浄化させればいいのだから。

だから彼は——リーゼロッテを手元に置いておくために、こんな手段を取ろうとしているのではないか。

その可能性に行き当たった瞬間、怒りで目の前が真っ赤に染まった。

国民の不満をぶつけるための生贄にしただけでは飽き足らず、心をもてあそび、道具として扱おうと言うのか。

リーゼロッテは唇を震わせながら、目に力を込めてルカをにらみつける。

「私を、どこまで馬鹿にすれば、気が済むの……？」

かすれた声でうなり声を上げたリーゼロッテに、ルカは一瞬たじろいだように見えた。

「え……？」

「私を好きにしていい権利なんて、あなたにはないはずよ……!!」

喉が裂けんばかりに叫んだ瞬間、ルカはまるで雷に打たれたように、体を震わせた。

リーゼロッテは一瞬緩んだその手を振り払い、彼の腕の中から飛び降りると、じりじりと後ずさりながら、叫んでいた。

「私を見捨てたくせに……！　死んでもいいと思っていたんでしょう!?　それでも、私を利用するというのなら、そうすればいい！　でも今さらまっとうな人のようにいい人ぶらないで！　私を気遣うふりをしないで！　物のように、道具として扱えばいいじゃない！」

本当はこんなことを、ルカに言うつもりはなかった。

誰かを恨んでいるわけではない。五年経って、そういう時代の流れだったのだと飲み込んでいる。

離宮で過ごした十七年も、ルカと過ごした二年も、もう終わったことだと受け入れていた。

だから期待させないでほしい。幸せな気持ちにさせられて、また突き落とされるくらいなら、いっそ心があるように扱わないでほしかった。

「……」

ルカは無言で肩で息をするリーゼロッテを見つめていた。顔面は蒼白だったが、それでもリーゼロッテから目を逸らさなかった。

「はぁ……はぁっ……」

久しぶりに大きな声を出して、くらくらする。こめかみのあたりがズキズキと痛んで苦しい。リーゼロッテが肩で息をしていると、ルカが絞り出すように、口を開いた。

「違う……道具なのは、俺の方です。あなたは違う。利用なんて、とんでもありません」

一瞬、なにを言われたかわからなかった。

（ルカが、道具……？）

意味が理解できず何度か瞬きをしたところで、

「俺は、あなたに……帝位をお譲りしたいと思っています。瘴気は二の次だ。そのために帝都にお招きしたのです」

ルカはかすれた低い声でささやく。

いきなりの熱っぽいキスも、抱擁も、彼のその発言ですべてが吹っ飛んだ。

「そん……そんなこと、できるはずないでしょう……なにを言っているの」

なぜ彼がそんなことを言い出したかはわからなかったが、理由などどうでもよかった。追い出しておいて、なぜ戻そうとするのか。しかも帝位だなんて、ありえない。

「冗談はやめて」

リーゼロッテが首を振ると、ルカはその深紅の瞳を輝かせながら、叫ぶ。

「違う！　違うんだ……！　俺は、五年前、あなたを助けられなかった……！」

そのままルカは全身をがくがくと震わせながら、上半身をかがめ、苦しそうに喉の奥でうなり声を上げた。

そして床に崩れるように跪く。

――助けられなかった。

彼の言葉に、頭が真っ白になる。まさか彼の口からそんな言葉が聞けるなんて、思いもしなかったのだ。

（ルカは、私を追放する気はなかったの……？）

そんなこと、五年前に何度も妄想した。すべてはなにかの間違いで、きっとルカは自分を捜し出し、必ず迎えに来てくれる、と。

『姫様、あれは間違いでした』と、笑ってくれると、彼が即位したと聞く日までずっと、ずっと信じていたのだ。

子供っぽい、何の根拠もないリーゼロッテの妄想でしかなかったのだけれど――。

（ルカは首謀者ではなかったの……？）

そう考えて、リーゼロッテはすぐにそれを否定した。

（いいえ、そんなはずはない。中心的人物でなければ皇帝の地位に就くはずがない。彼は当然、一番の関係者だわ……）

ルカ・クラウスは祖父が皇族だったが、権力はないに等しい貴族だった。帝国は歴史が古いので、そんな貴族は百も二百もいる。なんら珍しいことではない。

そして同じく、名ばかりの皇族であるリーゼロッテの護衛騎士になったのだ。

なにひとつ秀でたところがないと自認していたリーゼロッテは、自分の境遇を『仕方ない』と諦め、受け入れていたが、優秀なルカはそうではなかったのだろう。

力のある貴族でなければ冷遇される、帝国の制度を疎ましく思っていたから『反貴族・自由主義』の旗を掲げ、反乱を起こした。

革命は成功し、当時の皇族の血筋はリーゼロッテを除き、平和的に退場した。

支配体制がひっくり返ったわけではないし、結局ルカは新しい指導者として、周囲の後押しで皇帝になったのだが、これは大きな混乱を避けるためには仕方のないことだろう。

バルテルス帝国も今まで五度、皇族の血筋が変わっているのだから、大した問題ではない。

ちなみに皇帝ルカを一番近くで支えているのは、前皇帝の側近でもあったはずの公爵だ。本来、反貴族体制の人間から見れば、もっとも憎むべき存在ではあるが、さすが名門というべきか、老獪な公爵は革命後も誰よりもうまく立ち回り、皇帝の側近として君臨しているのだとか。そもそも国民からしたら、生活さえよくなれば、誰が皇帝であろうともどうでもいいことなのかもしれない。

深い動揺の中、リーゼロッテは深呼吸を繰り返しながら、無言でルカを見上げた。

(私の追放は、ルカにとって青天(せいてん)の霹靂(へきれき)だった……ってこと?)

五年前、着の身着のまま衛兵に連行され、宮殿から連れ出された。

宮殿前の広場には多くの帝国民が集まっていて、リーゼロッテが姿を現すや否や、

『バルテルスの毒花!』

『死んで詫びろ！』

『帝国から消えてしまえ！』

と、罵詈雑言を浴びせ、石を投げた。

その時の怪我で朦朧とする意識の中、リーゼロッテは護衛騎士のルカのことを思っていた。

彼は大丈夫なのか、もしかしたら自分を助けようとして大怪我を負ったりしているのではないかと、気が気ではなかった。

その後、生還したリーゼロッテは祖父から、精霊の加護を得て死の淵から蘇ったことを知ったのだ。

祖父はバルテルスになにが起こったのか、すべて教えてくれた。

バルテルス帝国は長らく財政難で、帝国民に重税が課せられていたこと。減税を求めたが相手にされないことで帝国民の怒りが頂点に達し、暴動が起きたこと。

ちなみにリーゼロッテは毎日放蕩三昧で、妹の婚約者をはじめとして、多くの貴族の男たちを既婚未婚にかかわらず寝取り、メイドたちの血を抜いて浴びて美しさを保つ、恐ろしい魔女ということになっていたらしい。

そんなめちゃくちゃな、と啞然としたが、不満をため込んだ帝国民は、現皇室の解体を推進する反貴族連合を後押しし、文字通り宮殿から一人残らず皇族を追い出したのだ。そしてリーゼロッテは申し開きひとつできず、帝国の民たちに石を投げられ追放された。

それからしばらくして『ルカ・クラウスという男が皇帝の座に就いた』と聞いて、リーゼロッテは彼がこの追放劇の首謀者なのだと、受け入れるしかなくなった。

ルカが、自分を追放した。好ましく思っていた初恋の男は、リーゼロッテが死ねばいいと、思っていたのだ。辛かったし悲しかった。辛くて毎日泣いていた。それでも最終的には受け入れた。悲しいかな、それがリーゼロッテの『現実』だったから。

それから五年が経ち、精霊の声を聞きながら学者である祖父と森の奥の屋敷に、ひっそりと生きていた。

祖父などはいまだにバルテルスの名を聞いただけで、一気に血圧があがるし、不機嫌になるのを隠そうともしないが、リーゼロッテはもう何も思わない。幼い頃から兄妹たちと明確に差をつけられていたので、諦めるのが上手だったし、過度な期待をすることもなかったせいだろう。

辛くないと言えば嘘になるが、今も昔も、本当はルカを恨む気持ちは微塵(みじん)もなかった。

裏切られた気持ちにはなったが、期待した自分が悪いのだ。

ルカが自分のような娘を大事に思うわけがない。自分に仕えていたのは、仕事だったから。それだけのことだと、自分を納得させていたというのに。

(私はあの時、石を頭に受けて、一度死んだのよ……)

皇女リーゼロッテは死んだ。体だけではなく、心が死んだ。

世間知らずの皇女は心が欠けて、人として大事なものを失ってしまったのだろう。

（もうなにも、欲しくない。望まない……）

ささやかな幸せすら奪われるなら、幸せになりたいなどと思わないほうがずっと楽だ。

リーゼロッテはもう、本当に、どうでもよかった。自暴自棄ではない『無』である。

望むのはフィドラーの森での静かな暮らし。感情を揺さぶられない静かな生活、それだけだった。

「姫様……」

床に跪いたルカが、リーゼロッテのドレスの裾をつかみ、口づける。

完全な服従の姿勢に、リーゼロッテは泣きたくなった。

それでも涙をこらえ、ゆっくりと深呼吸をして、それからルカを見下ろす。

「あなたは、後悔しているのね」

「ええ……後悔という言葉では、生ぬるいですが……今まで、一日だってあの日のことを忘れたことはありません」

ルカは震えながら顔を上げる。顔面は蒼白で、紙より白かった。

彼は嘘をついていない。リーゼロッテは本能的にそう判断したが、あえて真逆の言葉を口にした。

「私がその言葉を、信じるとでも？」

「——」

その瞬間、ルカは一瞬だけ無言で頬をひきつらせる。

リーゼロッテも、これはただの反発だと頭ではわかっている。だが見捨てられたと思っていた五年という歳月が、リーゼロッテの心を石のように固くした。

奥歯をかみしめると同時に、ルカがゆっくりと口を開く。

「……そうですね。言葉でなにを言っても、信じてもらえるはずがない」

そうしてルカは薄く笑って、

「ただの因果応報ですね」

とだけつぶやいた。

（因果応報……？）

五年前の騒動に関してなにか含みを感じたが、ルカはそんなことはどうでもいいと言わんばかりに緩く首を振った後、長いまつ毛を伏せてうつむいた。

「それでも……俺が姫様の生死をどうでもいいと思っていたなんて、それだけは絶対に違うと、あなたに誓います」

（神に誓うならまだしも。私に誓ったからって、なんなの……）

彼が自分の追放を知らなかったというのは本当かもしれない。そう思いたいというリーゼロッテのひいき目もあるかもしれないが、今の時点で、彼の自分に対する気遣いを嘘だとは思わない。

だからルカは、リーゼロッテに帝位を譲るなどと、おかしなことを口走るのだろう。

リーゼロッテが一言「じゃあそうして」と言えば本当に退位しそうで恐ろしくなった。

（もう、私たちは主従の関係ではないのに）

なぜ今さら自分を尊重しようとするのか、意味が分からない。

（もしかして、私の機嫌を取らないと瘴気を浄化しないと思ってる……？）

だったら元主（あるじ）として、彼を許すと告げるしかない。彼が自分に仕えていたのはたった二年だが、感謝している。心の重りは取ってあげたかった。

それがなにも持たないリーゼロッテにできる、唯一の贈り物のはずだ。

リーゼロッテはゆっくりと息を吐いて、改めてルカを見つめた。

「……意地悪を言ってごめんなさい。でも私、もうなんとも思っていません」

「え……」

ルカが怪訝（けげん）そうに眉を顰（ひそ）める。

「私が見捨てられたのは、弱かったからよ。自然の摂理と同じ」

生き残るために弱いものを見捨てる。弱い子供が親に捨てられるのは動物も人も同じだ。

生贄に仕立てられた理由に、それ以上の意味などない。

冷めた目線でリーゼロッテは言葉を続けた。

「だから、あなたが許しが欲しいというのなら、許します。護衛騎士だったあなたが、私を守り切れなかったこと……許してあげます」

許すも許さないもなかったが、リーゼロッテはそう口にした。

するとルカは自嘲するようにふっと口角を上げる。

ちっとも響いていない様子に、心の伴わない許しなど、意味がないとリーゼロッテも思い知らされた気がしたが、リーゼロッテはそのことには言及せず、言葉を続けた。

「とはいえ、帝位は別問題です。私は女帝になんかなりたくありません」

「ですが……」

「欲しくないと言っているの。なんのために前皇帝を退位させたのか、考えてください」

少し強めに言い放った瞬間、ルカは黙り込んだ。

しゅん、と肩を落とす様子に少しだけ胸がざわめく。彼の体が大きくたくましいものだから、余計だ。なんだかひどく悪いことをしている気がして、落ち着かなくなったリーゼロッテはため息をついた。

「……あなたはバルテルスに必要な人なのだから、私のことは忘れて、このまま立派な皇帝になって。それが私の願いです」

できるだけ、情を残さずに伝えたつもりだった。自分を切り捨てて、新しいバルテルス帝国を築いてほしいという気持ちに嘘はない。

だが次の瞬間、ルカの端正な顔にサッと朱が走る。

「……いやです」

「い、いやって……」

まるで子供の駄々っ子のように首を振られて、リーゼロッテは言葉に詰まる。

かつて自分に仕えていたルカは、もっと大人だったはずだ。いつも優しく微笑んで、浮ついた自分とは違って落ち着いていて。十七歳のリーゼロッテから見た二十三歳の彼は立派な大人にしか見えなかった。なのに五年経った彼は、どこかズレている。会話のかみ合わなさも相まって、まるで話が通じない。

（ルカ、少し変わったみたい……）

チグハグに感じるのは、五年という歳月のせいだろうか。かつての彼とは違う様子に戸惑いながらも、さすがに譲位を受け入れるわけにはいかなかった。

「あなたがいないと、帝国はたちゆかないでしょう。今、帝位を空白にするのは混乱の元よ」

するとルカは目に力を込めて、少し早口で言い放った。

「では皇婿（こうせい）として姫様にお仕えします。なら問題ないはずだ……！」

ルカはどこか憮然（ぶぜん）とした表情でそう言い放つと、跳ねるように立ち上がるや否や、リーゼロッテの手首をつかみ、引き寄せて腕の中に閉じ込める。

「そうだ……！　姫様、俺と結婚しましょう。結婚……してください！　俺をおそばに置いてください！　俺はあなたのために何でもするし、一等便利な道具になります！」

強く抱きすくめられて、耳元に触れるルカの声に、全身がぶるっと震えた。

「ど、道具!?　さっきからあなたは何を言っているの！　馬鹿なことを言わないで……！」

皇婿とは文字通り女帝の婿のことだ。道具云々はよくわからないが、おそらく彼はリーゼロッテと結婚して、女帝の夫として采配を振ると言っている。

昔から世話好き過ぎるなとは思っていたが、いくらなんでも度を越している。

後悔が度を過ぎて、執着になっているとしか思えない。

なぜ彼がここまでこだわるのか、本当に意味が分からなかった。

「もうっ、やめて！　おかしなことを言わないで、放して！　放しなさいっ……！」

「おかしい？　いいえ、ちっともおかしくありませんし、なにをどう言われても、そのお願いを聞くつもりは、ありません！」

ルカは両手両足をばたつかせるリーゼロッテを抱き上げると、続き部屋になっている奥へと向かった。

そこは寝室らしく、緞帳（どんちょう）のように重いカーテンがかかっていて、隙間から春の穏やかな太陽の光が差し込み、複雑な模様の絨毯に模様を作った。

ルカはリーゼロッテをベッドの上に運ぶと、上にのしかかる。暴れるリーゼロッテの両手首をつかんで、シーツに押し付けた。

「ルカ、なにをするの!?」

叫ぶと同時に、頭上から彼のえんじ色のリボンが降ってきて、顔の横に垂れる。

「五年前……俺はあなたが帝都から追放されたと知り、すぐに捜させました。だが帝国中の監獄のどこにも、あなたの姿はなかった」

「え……？」

「当時の帝都の治安は最悪でした。どこの監獄もいっぱいで、たらいまわしにされたようです。そして最終的に、官吏の怠慢で、貴族用の監獄ではなく平民用の牢に入れられた。そこであなたは運よく善良な医者に、手当てを受けたのです」

てっきりフィドラーの森に直行したのだと思っていたので、新情報に驚いてしまった。

「そう、だったの……」

思わず彼の言葉に耳を傾ける。

ルカに恨まれていると思っていたリーゼロッテからすると、彼が自分を捜してくれていたというその発言は救いにも似ていて、一瞬だけ心が軽くなる。

「医者は年老いていて、あなたの顔を知らなかった。ただ『おじい様に会いたい』『フィドラーの森に行きたい』と泣くあなたの言葉を聞いて、憐れんだようです。どうせ死ぬなら家族の元がよかろうと、あなたを馬車に乗せて『フィドラーの森』へ向かわせた」

ルカは唇を震わせながら、言葉を続けた。

「そしてあなたのことは『死んだ』と記録に残したんだ。老医者はそれからまもなく医者を引退し、田舎に引っ込んだ。監獄で罪人が死ぬことなど日常茶飯事です。きちんとした墓すらない。だから誰もそれを咎めなかったし、この五年間忘れられたままだった」

ルカは自嘲するように笑い、唇をギリギリとかみしめた。

なんだか彼が壊れてしまいそうな気がして、リーゼロッテはおそるおそる、口を開く。

「それから、あなたはどうしたの……？」

「俺は、信じられませんでしたよ」

ルカはリーゼロッテの手首をつかんだ指に、力を込める。

額がくっつきそうなくらい、ふたりの距離が近づいた。

「だって俺は、あなたの死体を見ていない。脈が無くなる瞬間、手を握っていない。俺が死んでいないと思えば、死んでいないのだと、思い続けた。いつかどこかで会えると……信じていました。ずっと、ね」

ルカの深紅の瞳が輝きを増していく。

先ほどリーゼロッテが自分を『死んだ人間』だと言った時、彼が怒りをあらわにした理由がわかった。

（彼にとって、私の死は……決して受け入れられないことなんだわ……）

彼につかまれた手首の骨が、みしりときしんだが、悲鳴は飲み込む。

「それから少し前に、フィドラーの森に精霊の加護を持つ女性がいるらしい、という報告がありました。帝国は今、瘴気で国が傾きかけているので……その調査の一環です。ただ、帝国に取り入ろうとする自称加護持ちは、世界中から押し寄せていたので半信半疑だったのですが、その女性が、美しいストロベリーブロンドの持ち主だと聞いて……すぐに、あなただとわかった……！」

その瞬間、彼の瞳に炎が宿る。

「姫様はやっぱり生きていたんだ……！　そうして俺の前にまた、戻ってきてくれた!!」

その声は、まるで地獄の底から這い出してきた悪霊のような、恐ろしさがあった。

蛇に丸のみされる小さな蛙の気持ちが分かった気がして、眩暈がする。

「……もう、なにがあっても離さない」

地の底から響くような低音に、血の気が引いた。

「ルカ……ッ！」

とっさに名前を叫ぶのと、ルカが噛みつくように唇を押し付けてきたのはほぼ同時だった。

むさぼるように唇を吸われ、舌をねじ込まれて息が止まりそうになる。

自由にならない手足をバタつかせると、唇がずれた瞬間、ルカが切羽詰まったように叫ぶ。

「姫様……お願いです。これからはずっと、俺をあなたの――」

彼がその切れ長の瞳を細めた次の瞬間、
バチン!!

と空気が破裂するような音が響いた。

「きゃっ……!」

リーゼロッテが悲鳴を上げるのと、ルカがのけぞり、ベッドから転げ落ちるのはほぼ同時だった。

「クッ……」

床に跪いたルカが眉間のあたりを手のひらで押さえる。指の間からたらりと、深紅の血が流れ落ちて、彼の端正な鼻筋の横を通り、顎先に伝ってぽたりと落ちる。

「ルカ……!」

いったいなにが起こったのだろう。

驚いたリーゼロッテが慌てて体を起こしたところで、黒い塊が視界をふさぐようにシーツの上に降り立つ。

シーツの上でふんばる、少し短めの両手足。大きく広がったふさふさのしっぽ。

『りずのいやがることをするな』

満月に似た金色の瞳が輝く。

そう――目の前にいたのは、ふわふわの長毛のハチワレ猫であるフィンだった。

「フィン！」

「――精霊ですか」

ルカは手袋をはめた手で額のあたりをぬぐう。すると次の瞬間、ぱっくりと切れた額がみるみるうちに塞がっていった。

それを見たフィンが、金色の目を大きく見開き、尻尾をぶわっと大きく膨らませた。

『こいつにもせいれいのかごがあるぞ』

「そうよ、フィン。ルカは……ルカの体は、太陽が地上に出ている間はどんな傷もたちまちに治してしまう、勇者の加護があるの」

口にしながら、胸がうずく。

彼が反体制貴族の中から皇帝に選ばれたのは、祖父が皇族の末席にいたというのもあるがなによりもこの加護のおかげだろう。国の混乱期にあって、新しい支配者が勇壮無比の勇者であることは、なにより帝国民の受けがいい。神の啓示にも等しい力だ。

そしてその加護を与えられた経緯には、リズが深く関係しているのだが――。

『よるはただのにんげんなのか。だったらおれのほうがつよい』

フィンはふさふさのしっぽを揺らしながら、ひげをピンと張る。

その姿に、リーゼロッテの強張った心が、少しだけ緩んだ。

フィンを腕に抱くと、床に跪いたままのルカをベッドの上から見下ろす。

「ルカ。これ以上強引な真似をするなら、私はもう祈らないわ」

「――申し訳ありません。冷静さを欠きました。今日は下がります。リーゼロッテ様もゆっくりお休みください」

床に膝をついたルカは、かすれた声でささやくと、それからゆらりと立ち上がって部屋を出ていく。

ベッドから落ちた後、彼とは一度も目が合わなかったが、ドアが閉まる音を聞いてようやく全身から力が抜ける。

腕の中のフィンが、金色の目でじいっとリーゼロッテを見上げた。

『いのらないならかえろうぜ』

「あんなの嘘に決まってるじゃない。祈るわ。ああでも言わないと、引いてくれないと思ったから……」

リーゼロッテははぁ、とため息をつき、腕に抱きしめていたもふもふをシーツの上に下ろし、顔を覗き込んだ。

「それはそれとして、帝国まで付いてきてくれたの……？　森を離れて大丈夫なの？」

精霊はその土地で生きる。フィドラーの森を遠く離れて、彼は大丈夫なのかと不安になってしまった。

『おれはよるのせいれい。とちにしばられていない』

『ていこくのくうきはわるいが、よるがくればおれのじかんだ』

そしてフィンは白い手袋をつけたような前の手で、丁寧に顔や耳の後ろの毛づくろいを始める。

「そっか……ありがとうね」

彼の額に指をはわせると、フィンはゴロン、と勢いよくシーツに横たわって腹を見せた。

（フィンが来なかったら、私はどうしていたかしら……）

暴れたのはルカが嫌いだからではない。強引にことをすすめようとするルカに反発しただけだ。

「ルカ……」

彼のふかふかもふもふな腹を撫でながら考える。

この五年、ルカになにがあったのだろう。

いいや五年の話ではない。そもそも自分は、ルカのことをなにも知らないのではないか。

十五歳から約二年、そばに仕えてくれた優しい年上の騎士。血の繋がった兄妹たちよりも日々をともに過ごした、穏やかな人。彼が苛烈な感情をリーゼロッテに見せることなど、一度もなかった。

彼が精霊の加護を受けたあの日――死にかけていたあの日ですら、ルカは『笑っていた』のだから。

今でも時折思い出す。リーゼロッテの腕の中で、血を吐いていた彼の姿を。

追放される一年前の誕生日。あの時、リーゼロッテは十六歳になったばかりの少女だった。

彼はいったいなにを思って、死の淵でリーゼロッテに微笑みかけたのだろう。

「……わからないわ」

ルカのことがわからない。

いったい自分は、彼のなにを見て、どこを好きになっていたのだろうか。

なにもかもが幻想で、夢でも見ていたような気がする。

さんざんむさぼられた唇に指をのせる。唇にはまだルカの熱い感触が残っている気がした。

なかなかうまく眠れず、気が付けば朝を迎えてしまった。

リーゼロッテがぼんやりと豪奢なベッドの天蓋を見上げていると、コンコン、とはっきりした音でドアがノックされる。

「はい……」

かすれた声で応えると同時に、着替えや身支度の道具を持った侍女たちが静々と入ってきた。もう他人に面倒をみてもらう身分ではないのだが、ここで追い返したところで、困るのはメイドたちである。仕方なく、されるがまま身支度を整えてもらう。

薄いミントグリーンのドレスには、ビジューが星のきらめきのように縫い付けられている。たっぷりのサテンは身じろぎするたびにふわりと広がって美しい。皇女時代よりももっと上等なドレスでなんだか緊張してしまう。

そのうち侍女のひとりが、リーゼロッテの波打つストロベリーブロンドの髪を丁寧にくしけずり始める。鏡の中の自分はひどく居心地が悪そうで、自分はやはりもう皇女でもなんでもないのだと実感した。

(やっぱり明日から、身支度は自分でやろう……)

そんなことを考えながら、窓の外を見つめる。壁一面の窓から差し込む暖かな日差しは、ぽかぽかして気持ちがいい。フィンも庭のどこかで日向ぼっこをしているだろう。

(今後の予定を考えたいんだけど……)

ルカと話はできるだろうか。昨日は気まずい感じで別れてしまったので、若干気が重い。

そんなことを考えていると、

「姫様」

開け放たれたドアの外に、ルカが立っていた。鏡越しに目が合って心臓が跳ねる。

「──入っても、よろしいでしょうか」

「ええ……」

彼が一歩足を踏み入れると同時に、その場にいた侍女たちがサッと身をかがめて引いていく。

「続きは俺がやろう。姫様のウェーブはブラシのかけ方ひとつで、もっと美しくなるんだ」

ルカはブラシを持っていた侍女に手を伸ばしてそれを受け取ると、リーゼロッテの背後に立ち、ブラシをかけ始めた。

どこの世界に、皇帝に髪をとかせる女がいるだろうか。いや、いない。

「ルカ……」

困りつつ肩越しに振り返ると、

「昔を思い出しますね」

と、微笑んだ。昨日の気まずい空気は一切感じない。切り替えが早いというか、ルカにはもともとそういう不思議な空気がある。

「……そうね」

ルカが護衛騎士だったころ、彼はリーゼロッテの世話も兼任していた。

リーゼロッテは物心つく前に母親を亡くし、宮廷内での立場が圧倒的に低かった。仕えてくれる騎士などいないまま細々と暮らしていたのだが、ある日突然、士官学校を優秀な成績で卒業したばかりのルカが、皇女護衛騎士として仕えたいとやってきたのである。

今でも彼の発言や表情を、昨日のことのように思い出せる。

『俺の実家は弱小貴族です。今さら成り上がろうなどとは思っていません。あなたくらいが、ちょうどいい』

彼は『なぜ私に仕えたいの？』と尋ねたリーゼロッテに向かって、開口一番、そう答えた。

それを聞いた家令はひどく腹を立てたが、

『申し訳ありません。ここで美辞麗句（びじれいく）を述べたところで、信じてもらえないかと思いまして』

と、ルカは美しく微笑み返したので、また驚いた。

どうやら本気で『ちょうどいい』と思われていることに気づいて、リーゼロッテは思わずクスクスと笑ってしまった。

（まぁ、そうね。私に仕えたいなんて、なにか裏があるに決まってるって思うものね）

家令やメイドたちはいつまでも失礼だと憤慨していたが、不思議と腹は立たなかった。

無言でニコニコ笑っているリーゼロッテを見て、ようやく異変を感じたらしい。

『その……今のは失言だったようです。俺はいつも父から【欠陥人間】と叱責を受けておりまして……。申し訳ありません』

ルカは騎士服の胸のあたりに手を置いて、小さく頭を下げた。

実の息子に【欠陥人間】なんてひどすぎると思うが、自分も父親に無視されているので、ほんの少しだけ気持ちが揺らいだ。

『いいのよ、気にしないで。それよりも欠陥人間ってどういうこと？』

『自分ではよく、わかりません……父がそう言うので、そうだと思います』

ルカはゆっくりと首を振った。

『そう……』

ルカの士官学校での成績は優秀で、誰からも一目置かれているようだったが、時折心をどこかに置いてきたような、遠い目をしていたのが、妙に気になった。

その浮世離れした様子が、あまりにも自分の周囲にいないタイプだったからか、リーゼロッテは数日考えた後、彼を受け入れることを決めたのだ。

そうして外れ姫と呼ばれていたリーゼロッテの護衛騎士になったルカは、嫌な顔ひとつせず、リーゼロッテの髪を結ったり、食事の支度をして散歩や読書にも付き合った。

それだけではない。やる気がなかった家庭教師を早々に追い出し、リーゼロッテの勉強を見つつ財産の収支を一から見直し運用を始め、多少余裕のある生活ができるようになった。彼はすぐに周囲の信頼を勝ち得て、リーゼロッテの離宮になくてはならない男になったのである。

「――できましたよ」

ルカの一声に、リーゼロッテはふと我に返った。

皇帝ルカは、昔とまったく変わらない手際の良さで器用にリーゼロッテの髪をハーフアップに編み込むと、真珠のバレッタで留めて満足げに微笑んだ。

言われて鏡を見ると、背後のルカと目が合う。ニコッと笑う彼に昔と同じ面影が重なって、懐かしさで胸が締め付けられる。

なにもかも、昔と同じだ。思い出したくないのに、昔はこれが楽しみだったと、思い出が走馬灯のように蘇り、泣きたくなってしまう。

「ありがとう。でももうこんなことはしなくていいわ。身支度は自分でしますから」

やんわりとした口調でルカを振り返った瞬間、彼はリーゼロッテの肩に両手を置き、

「そうおっしゃらず。結婚した後も、俺はあなたにお仕えしたいのです」

とささやき、頬に唇を押し付けた。

「えっ」

触れる吐息の感触と、彼の言葉に一瞬なにを言われたのか分からず、体が硬直する。

「結婚は……昨日、お断りしたはずですけれど」

女帝にならない。ルカを皇婿にもしない。リーゼロッテははっきり伝えたはずだ。

するとルカはすうっと切れ長の目を細め、一言一句確かめるように口を開く。

「ええ……残念ながら俺は受け入れてもらえなかった。こうなったら仕方ありません。皇帝の命令であなたを俺の妻、皇妃とします。拒否権はありませんよ。嫌だというならこの部屋から一生出しませんし、窓に鍵をかけてドアの前に見張りを置きます」

「なっ……」

「それでも逃げようとしたら、見張りを処罰します。あなたは優しい人だから、自分より他人が傷つけられることを厭うでしょう」

形のいい唇からこぼれる恐ろしい提案に、頭から冷や水を浴びせられたような気がした。

頭をガツンと殴られたような衝撃に、リーゼロッテは唇を震わせる。

なぜ彼がそこまで自分にこだわるのか、意味が分からない。そもそも自分は帝国にはびこる瘴気を浄化するために呼ばれたのに、一生部屋から出さないなんて本末転倒ではないか。

ルカがなにをどうしたのか、さっぱり理解できなかった。

こうなったら、浄化の力を交渉材料にするしかない。

「ルカ、そんなことをしたら……私……もうっ……」

リーゼロッテが震えながら声を絞り出すと、ルカはふっと笑って目を細める。

「祈らない？　構いませんよ」

ルカはうっすらと唇の端を持ち上げる。

「この滅びゆく帝国も、あなたが生きている間くらいはもたせます。ただ俺は、あなたが奪われたものを返したいだけですから」

能力があっても身分がなければ出世できない。生まれで差別され、生きることすらままならない。そんな政治を変えるために、彼は立ち上がったのではないのか。

（――ルカ。あなたはなんのために、皇帝になったの……？）

そう尋ねたいのに、触れてはいけないことのような気がして、言葉が出てこなかった。

無言のまま硬直するリーゼロッテの前で、彼は優雅に一礼する。

「石を投げた民をも救おうとする優しいリーゼロッテ様なら、俺を夫として受け入れてくれると信じていますよ。俺だって、本当はあなたを閉じ込めたくなんかないんですから」

凍り付くリーゼロッテの前で、ルカは嫣然（えんぜん）と微笑むのだった。

二章　「皇帝の求婚」

皇帝ルカ・クラウス・ブレヒト＝バルテルスは、聖女リーゼロッテ・フィドラーを皇妃とする。

その御触れは瞬く間に帝国中に広まった――らしい。

幸か不幸か、リーゼロッテはルカの用意した宮から一歩も外に出られなかったので、いったいどんな状況になっているのか知る由もなかったのだが、なんとなく周囲の空気がざわついていることには気づいていた。

部屋にやってくる女官の数は明らかに増えたし、お茶会や晩餐会への招待状は数日であっという間に山になった。

『リーゼロッテ様の御慈悲に感じ入りました。ぜひ我が家主催の夜会にご参加ください』

『五年前、あなたに手を差し伸べられなかった自分を恥じております』

『リーゼロッテ様のよき友人になりたく思います。詩を読む会へお招きいたします』

『最近父の跡を継ぎましたので、五年前とは無関係です。どうぞあなたの友人として今後のお付き合いを――』

招待状にはリーゼロッテに対する美辞麗句や、かつての自分の行いを悔いている懺悔などがつらつらと添えられていて、読むだけで胸やけしそうである。

「結局、私はまた政治の道具として扱われているわけね」

最低限の礼儀として一通り目を通したリーゼロッテは、紙の束をまとめて暖炉に放り込んだ。美しい紙にしたためられたそれらは、あっという間に炎に包まれて灰になってゆく。

返事くらいするべきだとはわかっているが、貴族のお茶会にも晩餐会にも興味はないし、参加の意思は微塵もない。燃えて白い灰になっていく手紙を見ながら、リーゼロッテはむなしくて仕方なくなってしまった。

そうして、次から次に大量の手紙を暖炉に放り込むリーゼロッテを横目に、フィンが両手を前に伸ばしてにゃーんと背伸びをしながらからかうように声をかけてきた。

『おれたちはこどもがだいすきだぞ。たくさんつくれ』

「なんでいきなりそうなるの？　この間はルカを止めてくれたじゃない」

精霊に人間の複雑な心などわからないのか、それともわかっているからこそ煽（あお）るようなことを言うのだろうか。

『いいのか？』

眉を吊り上げるリーゼロッテに、フィンはどうでもよさそうな相槌をうつ。

「いいのかってどういう意味？」

『――』

フィンの満月に似た瞳が食い入るようにリーゼロッテを見つめている。

「だって……私、本当にあの時のルカは強引で……本当に嫌だったし、だから……」

リーゼロッテは言葉を続けようとして、そのまま飲み込んだ。

そう、ルカの口づけが嫌だったわけではない。むしろ彼に淡い恋心を抱いていたリーゼロッテにとって、ルカに求められるのは嬉しかった。

五年前、必死になって自分の行方を捜していたと聞いて、喜びで胸がいっぱいになった。

（でも……ルカは私に償いたいだけ……）

だから強引に自分の妻にして、リーゼロッテを皇族に戻そうとしているだけなのである。

ルカが今までどおり、ただの騎士だったら、はいとうなずいただろうに。

いや、むしろ騎士を辞めて平民になっていたとしても、喜んで一緒になったはずだ。

現状、帝位にまるで興味のないリーゼロッテには虚しい求婚でしかない。

「そっか……私、ルカから義務で求婚されたのが、気に食わないだけなのね」

語るに落ちるとはまさにこのことだ。どうやら自分のルカへの思いは、五年経ってもまだ心の奥底でくすぶっているらしい。

表向きは拒んでいるのに、心は彼を求めている。なんとも思っていませんよ、という感情は、逆にこだわっていることの証左でもある。

「今でも、私……ルカが好きなんだわ。はぁ〜……なんでこんなことになったのかしら」

リーゼロッテは萎れながら、目を伏せた。

言うことを聞かないなら監禁するとまで言い切る男を、思い切れない自分が恐ろしい。初恋の思い出というのは、それほどのものなのだろうか。我ながら執念深くて嫌になる。

深いため息をつくリーゼロッテを見て、

『やれやれ。にんげんはめんどうだな。まわりくどい』

「どういう意味？」

『さて』

フィンはとぼけたように小首をかしげると、そのまま興味を失ったように、スタスタと庭へと出ていく。

「フィン、そろそろ日が落ちるわよ！」

昼寝するには少し遅いのではと思ったのだが、フィンは『さんぽだ』と言って薔薇の木々の中にまぎれてしまった。おそらく厨房に行ったのだろう。

ハチワレ猫のフィンは、周囲からリーゼロッテが連れてきた飼い猫と思われているらしく、非常に大事にされていた。厨房に顔を出しては干し肉の切れ端を貰ったり、大好きなミルクやチーズをせしめているらしい。

「まったくもう……」

彼が出て行った窓を閉めて、しばらくぼんやりとうつむいていたが、気を取り直してテーブルの上に地図を広げた。

今朝、文官のひとりが持ってきてくれたものだ。緊急を要するところには、大きく印が付いている。数は十はくだらない。

これらすべてを回るのにひと月ではとても足りそうになかった。

(数は多いけれど、地道にこなすしかないわよね。まずは西の都市から……そして時計回りに帝国を巡回するのが効率がいいかしら)

そうやってああでもない、こうでもないと考えていると、ドアが軽くノックされる。振り返ると、銀色のワゴンを押したルカが立っていた。

「ルカ？」

彼の後ろには、本来ワゴンを押していたであろう侍女が、あたふたしている。

求婚されて数日。ルカと会うのはそれ以来だ。熱烈な口づけやら監禁宣言やらを思い出して、腹の奥からふつふつと怒りが湧いてくる。照れくさいという気持ちよりも、今頃顔を出していったいどういうつもりかという気持ちのほうが圧倒的に大きい。

「顔を見せない間、いったいなにをなさっていたの？」

思わず声にとげが増していた。

ツンツンするリーゼロッテを見ると、ルカはふっと笑って、

「下がっていい」

と、侍女を下がらせる。

ドアが閉まったところで、ルカはゆったりとした動作でワゴンをテーブルの横まで運び、テーブルの上に小さめのスコーンと、りんごのジャムがたっぷり詰まった瓶を置くと、優雅な手つきでお茶をカップに注ぎ始めた。

（私の好きなお茶と、ジャムだわ……）

ふわりと鼻先に柑橘（かんきつ）系の香りが漂い、思わず唇を尖らせたところで、ルカが丁寧にスコーンを割り、ジャムをたっぷりのせる。

「姫様はこれがお好きでしたね」

今でも覚えていてくれたのだと思うと、嬉しくなってしまう自分が悲しい。

「陛下……」

リーゼロッテがため息をつくと同時に、

「クロテッドクリームもお持ちしましょうか？」

やんわりと微笑まれて、どっと疲れが押し寄せてきた。

「そうではなくて」

床に跪いたルカの膝に手を伸ばし、じっと彼の顔を覗き込む。

「従者のように跪かないでください。もう姫ではありません」

だがルカは微塵も引かなかった。

「いいえ、あなたは今も昔も俺の姫に変わりない。それに夫が妻になる人に跪いて、なんの問題があるでしょうか？」

それどころかにこりと微笑み、スコーンをゆっくりとリーゼロッテの口元へ運んだのだった。

跪き、かしずいているように見せながら、彼は少しも卑屈なところがなかった。

「さぁ、どうぞ。姫様、お口を開けてください」

むしろこちらを見上げる深紅の瞳は、煌々（こうこう）と熱っぽく輝いていて、見上げられている自分の方が、彼に飲み込まれそうな気迫がある。

「ルカ……ん」

唇にそうっと押し付けられたスコーンをかじると、ルカがやんわりと目を細める。そしてゆっくりと立ち上がり、リーゼロッテの隣に腰を下ろした。

ふたりが座っているソファーは、それはそれは大きく、背もたれにもクッションが敷き詰められた豪華なものだ。おそらくフィドラー領の自室にあるベッドよりも大きい。

だがルカが隣に腰を下ろしただけで、とたんにソファーが狭く感じる。

(なんだか居心地が悪いわ……)

きっと自分が中途半端だからだ。瘴気を払うと決めたのに、まだなにもできていない。

悔しいことに頭の中はルカの求婚でいっぱいなのである。

早く行動に移さなければここに来た意味がない。とりあえずルカから物理的に離れるべきだ。距離さえとれば、このくすぶっている思いも、そのうち思い出にできるだろう。

「それで……いつになったら私は瘴気を払いに行けるの?」

迷いを振り払うように、リーゼロッテは少しだけ語気を強める。

本当はすぐに帝都を離れるつもりだったのに、なんだかんだでもう五日間も都にとどめ置かれているのだ。

すると彼は少し前かがみになって、恐ろしく長い足の上で祈るように指を絡ませた。

「結婚式は、夏が終わってからにいたしましょう」

と、ささやいた。

「え?」

「本当は今すぐにでも挙げたかったのですが、長年、俺に妃をあてがおうとしていた公爵を始め、貴族たちへの根回し、教会の許可等々、どうしてもそのくらい時間がかかってしまう。いっそのこと、すべてを放り投げて、あなたとどこか遠くで隠居生活を送りたいくらいです」

冗談めかしているが、彼の目はちっとも笑っていなかった。

「式にはフィドラー伯爵をお呼びしましょうね。会いたいでしょう？」

「ルカ、やめて。今はそんな話はしていません」

名前を呼ぶと、彼はすうっと笑顔を引っ込めた。

「お願いしても、うんとうなずいてくださらないので、勅命（ちょくめい）ということになってしまいました。申し訳ありません。だが俺は、絶対にあなたを手放すつもりはない」

ルカはつらつらとそんなことを口にすると、顎を手のひらに乗せ、じいっと食い入るようにリーゼロッテを見つめ、それからニコッと微笑んだ。

「瘴気浄化の旅は準備を進めています。なにしろ帝国は広く、瘴気の度合いも地方によって差があります。できる限り姫様にご負担を掛けないようにしたいと思っているので、お待たせしてしまっていることは、お許しください」

「――わかりました」

確かにルカの言うことも一理あるので、リーゼロッテは素直にうなずいたのだが――。

ルカが続けてぽつりとつぶやいた言葉に、耳を疑った。

「もう……俺のことが嫌いでも、諦めてくださいね。俺は必ずあなたの役に立つ男なんですから」

その瞬間、リーゼロッテは息が止まりそうになった。

(俺のことが、嫌いでも……？)

まさか、そんなはずがない。

リーゼロッテの初恋は、ルカだ。たった二年の生活だったけれど、リーゼロッテはルカのことをすぐに好きになった。彼がいてくれたから孤独を感じることがなくなった。

祖父のところで彼が皇帝になったと聞いてからも、自分が疎まれていたことに気づかなかった事実を恥じたくらいで、彼を憎いなんて思ったことはなかった。

(なのに……嫌い？)

なぜ、とぽかんとして気が付いた。

そう言えばここに来てから、ずっとルカを拒み通しているということに。

(いえ、待って。でもそれは……ルカが私を女帝にするとか、筋の通らないことを言うから……！)

だがそのせいで、彼は自分が嫌われていると思っているらしい。

違う、そうじゃないと口を開きかけたが、聞き流した彼の言葉のほうが気になった。

「あなた、今まで妻をもっていなかったの？」

今さらだが、てっきりこの五年で結婚したのだろうと思い込んでいたので、リーゼロッテは思わず目を丸くしてしまった。

「ええ。子でもできたら面倒でしょう？」

子ができたら面倒——。

その言葉が、ぐさりとリーゼロッテの胸に突き刺さる。

「面倒、なの？」

おそるおそる尋ねると、彼は無言でうなずいた。

どうやら彼は子供が欲しくないらしい。

世の中を冷めた目で見ている自覚のあるリーゼロッテではあるが、子供は大好きだ。村の小さい子たちを集めて、本を読んだり、編み物を教えたりもしている。

結婚は考えていないくせに、ルカの発言に軽いショックを受けている自分に、少しだけ胸がざわついた。

「……そう」

ショックを受けているなんて、思われたくなかった。彼のことが今だに好きだなんてバレたくない。だからなんとも思っていませんよ、という顔でつん、と顎を持ち上げる。

悲しい時こそ顔を上げなければ。人前で涙をこぼすわけにはいかない。

「ですが、あなたとなれば話は別だ」

ルカは切れ長の目を細めると、大きな手のひらをリーゼロッテの下腹部にのせる。

「男でも、女でも構いません。俺の子を産んでください。子供ができれば、あなたも諦めてくれるでしょうし」

言っていることのめちゃくちゃ加減に『子供を道具のように扱うな！』とか『諦めるってなにを!?』とか、いろいろ浮かんだが、なによりも『俺の子を産んでください』という彼の言葉に、リーゼロッテの頬にさっと朱が走った。

「こっ……こっ!?」

好きな男にそんなことを言われて、動揺しない女がいたら教えてほしい。

ちなみにリーゼロッテは無理だった。

ルカとそういうことをするのかと、想像してしまう。

「作り方は知っていますか？」

ルカは、口をパクパクさせているリーゼロッテの顔を覗き込みながら、甘い声でささやいた。

「し……知ってるっていうか……」

離宮にいた頃ならまだしも、リーゼロッテだって二十二歳の年頃の娘だ。村の女たちに交じって祭りの準備などをしているときは、女同士のひめゴトとして『男女のそういった話』を聞くこともある。経験はないが、女たちのあけすけな会話にいつもドキドキしていたものだ。

「そんなの、口に出して言うことではないでしょう」

しどろもどろになりながらうつむくと、ルカはさらに言葉を続ける。

「……あなたには侯爵令息の婚約者がいましたね。あの男は婚約が取り交わされた後も女にだらしなくて、そのくせあなたのことも、いつもいやらしい目で見つめていた」

「えっ？」

リーゼロッテは目をぱちくりさせながら、ルカを見つめる。

「あの男は、結婚前のあなたに一度だって淫らなことはしませんでしたか？」

「……私のそばには、いつもあなたがいたでしょう。確かに少し浮ついたところはあったけれど……なにもなかったわ」

そう、顧みられない立場だったとはいえ、リーゼロッテも一応皇女のひとりだったので、かろうじて十七歳の誕生日を目前にして、婚約者が定められた。

後ろ盾のないリーゼロッテの婚約者に据えられて本人もそれを不服と思っていたのだろう。表向きはリーゼロッテに愛想よくふるまっていたが、陰で『妹姫のほうがよかった』と不満を漏らしていたのをリーゼロッテは知っていた。

傷つきはしたが、彼の言う通りだったのでなにも言えず、落ち込んだ記憶はある。

そして季節をいくつか過ごしたところで追放されてしまったので、婚約者のことなんてルカに言われてようやく思い出したくらいだ。

「……そうでした」

ルカはニコッと笑って、それからリーゼロッテの腹にのせた手のひらに力を込める。

「フィドラーの森では、恋人はいなかったのですか？」

「いっ……いないわ」

「それでも、あなたは美しい……当然、懸想する男はいたはずだ」

ルカはゆっくりとリーゼロッテに顔を寄せる。

(美しい、だなんて……)

懸想する男なんていた記憶はないが、昔のルカはそんなことを言ってくれなかったので、自然と頬に熱が集まってしまう。

頬を染めてうつむくリーゼロッテを見て何を思ったのか、ルカは不愉快そうに眉を顰める。

「――念のため、確かめさせてください」

そして夢うつつ気味のリーゼロッテに、そんなことをささやいた。

確かめるとは、なにを？

首をかしげた次の瞬間、彼の手がドレスの裾を割ってきて、仰天してしまった。

「ル、ルカ!?」

慌ててその無礼な手をつかんだが、びくともしない。

ルカはリーゼロッテの動揺など軽く無視してたっぷりのレースやフリルを器用にかきわ

け、するすると手を太ももの奥へと滑らせてしまった。ドレスの下のペチコートをかきわけ、ガーターの上を通過し、彼の指はさらに奥へと向かっていく。

　彼の無遠慮な手から立ち上がって逃げようにも、もう一方の手で肩をしっかりと抱かれ、それもかなわない。

「待って、ルカッ……」

「夫になる俺には、あなたが処女かどうか確かめる権利があるのですよ」

　そしてリーゼロッテの頬にちゅっと音を立ててキスをした。

「リーゼロッテ様のここは、どうなっていますか？」

　ルカはまるで寝かしつけるような優しい声で、下着越しに秘部を撫で始める。

「あっ……」

　彼の指が下着の上をなぞった瞬間、びくんっとリーゼロッテの体が震える。

　いったいどうなるのだろうという不安と、それからほんの少しの期待。なによりルカが自分に怖いことをするはずがない、という一方的な思い込みが、リーゼロッテからほんの少しの抵抗を奪ってしまった。

「ルカ、お願いだから……」

「大丈夫。優しく撫でて差し上げますからね」

　ルカは何度か指を滑らせた後、そのままゆっくりと下着の中に指を差し入れる。

「っ……！」

彼の指がしたばえをかきわけ、指がゆっくりと割れ目をなぞる。

「自分で触ったことは？」

「さわ……？　や、そんなことっ……」

指の感触にぷるぷると首を振ると、彼の指がさらに奥へと進み、ひだをかきわけながら蜜口へと移動する。

「ここにね、俺の男根を入れるんですよ」

と、低い声でささやいた。

「え、は……あっ……」

彼の指が、トン、トンと蜜口を叩く。そのかすかな振動に、リーゼロッテは訳が分からないくらい興奮して頭が真っ白になっていた。

「入れるって……えっ……？　入るわけないじゃないっ……」

茫然としつつ、リーゼロッテが首を振ると、

「いいえ、入ります。濡れ始めていますし……ほぐせばちゃんと受け入れられますよ」

ルカはそう言って、中指で蜜口をくすぐり始めた。

「ンッ……あっ……」

くすぐったいような、腹の奥から今まで感じたことがない淡い痺れる快感が広がってい

く。それから彼の指は花びらを丁寧になぞり、つまんだりくすぐったりした後、ぷっくりと膨れ上がった蕾(つぼみ)をそうっと指でつまみあげる。

「ひあっ……！」

「ここは女性の体で一番感じやすいところなんです。こうやってつまんだり、しごいたり、揺さぶると……ほら、気持ちいいでしょう？」

「あっ、アッ、や、っ……やめっ……」

突然のルカの愛撫に目の前が真っ白になる。

だが体は素直にルカから与えられる快感を確実に拾っていて、腹の奥からとろとろと何かがこぼれる感触があった。

「大丈夫ですよ。怖くないですから……優しくしますから……俺のことは、あなたを気持ちよくする道具だと思って、身をゆだねてくだされぱいい」

「えっ、そんなルカのことを道具って、そんな、ああっ……！」

そしてルカは身をかがめるようにしてリーゼロッテの耳を唇に含み、ちゅうちゅうと音を立てて吸い始める。

「あっ、あ、ンッ……」

頭の中で、ちゅくちゅくと水音が響き、眩暈がする。また指でいじられている花芽は、もうつかめないほどぬるぬるになっていて、ちょっとした刺激で蕩けるように気持ちがいい。

全身から力が抜けて、リーゼロッテは思わずルカにもたれかかっていた。

「あ、んっ、ルカッ……」

「リーゼロッテ様……感じやすくてかわいらしい……素直なお体だ」

ルカはかすかに息を吐くと、チュッ、チュッと頬や額に小鳥のようにキスを落とす。それから確かめるように、改めて指を蜜口に押し当てた。

「とはいえ……指を入れるのもためらうくらい、狭いな……」

ルカは切れ長の目を細めると、リーゼロッテの体をソファーに横たわらせ、思い立ったようにソファーから降りる。

「俺が窒息しないように、ドレスをしっかり持ち上げていてください」

「え……？」

ルカはリーゼロッテの手にドレスの裾を握らせ、その場に跪き、下着のリボンをあっという間にほどいて秘部に直接、口づけたのだった。

慌てて太ももを閉じたが、両足の間にいる彼を追い出すことは当然無理だった。

「ま、まって、ルカッ……そんなことをしては……ひっ、あっ、アンッ……ンッ……！」

熱い舌がぬろり、と秘部をなめ上げる感触に、リーゼロッテは背中をのけぞらせて、足を震わせた。

「ま、まって、あっ、だめっ……」

指で触られるだけでも心臓が破裂しそうだったのに、まさか口をつけられるとは思わなかった。

だが彼の舌は指よりももっと柔軟に、リーゼロッテのそこを愛撫し始める。全体をねっとりとなめ上げた後、舌で花芽を包み込み、ちゅうちゅうと吸いながら、舌を押し付ける。じゅるじゅると淫らな水音が響き、リーゼロッテの顔が羞恥で真っ赤に染まる。

「あっ、だめっ……ルカ、あっ、……！」

ダメだと言うのに、彼は言うことを聞いてくれない。それどころかルカが強弱をつけて吸うたびに、快感は階段をのぼるように強くなり、リーゼロッテはなんとかこらえようと内ももに力がこもる。

「や、あっ、ルカッ……あ、あんっ……やっ」

己の口から洩れる甘い悲鳴に、羞恥心が入り混じって眩暈がする。ぎゅっと目を閉じた瞼の裏に、ちかちかと白い星が飛んだ。

このまま快楽に身を任せたらいったいどうなってしまうのだろう。自分が自分でなくなってしまうような不安に怯えた次の瞬間、強い快感が全身を包み込み、腰が跳ね上がる。

「ん、ああっ……！」

水からあがった魚のように、リーゼロッテはびくびくと体を震わせた。

心臓がバクバクと鼓動を打ち、絹の靴下に包まれた足から、勢い余って靴が落ちる。

絨毯の上に転がった靴がリーゼロッテの視界に入り、つま弾きにされた世界から急に戻ってきたような、不思議な感覚が全身を包み込んだ。

「はぁっ……はぁっ……」

頬の表面がぴりぴりと粟立っている。

（頭がぼうっとする……全身に力が入らないわ……）

天井を見上げたままリーゼロッテが肩で息をしていると、ゆっくりと立ち上がったルカがドレスの裾を丁寧に戻しながら、顔を覗き込んできた。

「大丈夫ですか？」

こちらを見下ろすルカは、穏やかに微笑んでいて、とてもリーゼロッテに無体を働いたようには見えない。

「だっ、大丈夫かって……こんなことをしておいてっ……」

リーゼロッテはぷるぷる震えながら上半身を起こし、ルカをにらみつける。

「そうは言っても、お体は素直に喜ばれていたようですが。俺は役に立ったでしょう？」

ルカは満足げに微笑んで、それから親指で自分の唇をすっとぬぐった。

「っ〜〜……！　出て行ってッ！」

リーゼロッテが顔を真っ赤にして叫ぶと、彼は優雅に立ち上がり、一礼した。

そしてドアの前までスタスタと歩き、ふと思い出したように肩越しに振り返る。

「結局、あなたが処女かどうかわかりませんでしたので、また確認させてくださいね」

「もうっ、ばかばかっ……！　そんなことさせるわけないでしょ!!」

わからないはずがないのに、なぜあんな意地悪を言うのかわからない。

リーゼロッテは手近にあったクッションをつかみ、力任せに投げつける。

「姫様の元気が出たようでなによりです」

ルカはクスクスと笑いつつサッとクッションを避け、機嫌よさそうにそのまま部屋の外に出て行ってしまった。

「もうっ……もうっ……！」

完全に、ルカに手玉に取られている。からかわれている。

（護衛騎士だった時の彼は、もっと優しかったのに――！）

リーゼロッテはきりきりと唇をかみしめながら、真っ赤に染まった顔を、クッションにぼふっとうずめるのだった。

三章　「浄化の旅」

そうしてさらに日を過ごすこと数日。ようやく準備が整ったということで、リーゼロッテは帝都を離れることになった。

旅は約一か月、帝国で発生している大きな瘴気を浄化する予定である。

バルテルス宮殿の大広間には、多くの貴族と神官が集まっており、頭からすっぽりとフード付きのマントをかぶったリーゼロッテを、涙と拍手と歓声で見送った。

（大げさすぎるわ……）

この日のために仕立てられたドレスは、白を基調とした体にぴったりのレースのドレスだった。あちこちにびっしりと大量のビーズが縫い付けられており、リーゼロッテが歩くたびに、光を反射してキラキラと星屑のように瞬く。

「これも国の威信のため？」

リーゼロッテの手を取り歩いているルカに尋ねると、彼はやんわりと微笑みうなずいた。

「浄化の旅に出る、聖女たるあなたを全員でお見送りする。それだけで簡単に一体感が得られるでしょう？　人は圧倒的な美の前には、跪くしかないのです」

「そう……」

自分が美人だとも思わないし、こんな芝居がかった催しだって馬鹿らしいと思うが、こういった儀式の積み重ねが、バルテルスのような古い歴史を持つ国には必要なのかもしれない。しかも帝国は瘴気によって未曾有の危機を迎えているのだ。些細なことでも、心の支えにしたくなるのは仕方ないのだろう。

(自分が着飾ることで誰かが安心するなら、それでもいいけれど)

そう自分に言い聞かせながら、マントをかぶったまま人々の喝采から逃げるように広間を出ると、エントランスの出入り口に美しい漆黒の馬車が停められていた。馬車には帝国の証である獅子と百合の紋章が金で刻まれている。

ルカにエスコートされるがまま、馬車に乗り込もうとしたのだが、その馬車のドアを開けて立っている男の顔を見て、気が付いた。

フィドラーの森にリーゼロッテを迎えに来た騎士のひとりだ。

「あなたは……？」

リーゼロッテが声をかけると、ルカが口を開く。

「今回の旅にはアルヴィンを付けます。聖騎士でもっとも腕が立ち、信用できる男です」

そう、あの時も彼はきちんと名前を名乗ってくれた。

年の頃は四十代半ばくらいだろうか。騎士服に身を包み、銀髪に青い目をした、どこか色気のある長身痩軀（ちょうしんそうく）の男である。

「先日は、リーゼロッテ様にご無礼を働き申し訳ございません。アルヴィン・ルブラと申します。以後、アルヴィンとお呼びください」

聖騎士は、皇帝直属の騎士ではなく『神の灯火聖教会』に所属している騎士だ。

「無礼だなんて……」

リーゼロッテはゆるゆると首を振った。

村に騎士たちがやってきた時は身の危険を感じ、逃げてしまったが、彼は最初からずっと紳士的だった。

恐怖で泣いていたリーゼロッテに深く謝罪した後は、祖父へ『帝国内に満ちている瘴気を払うためお力を貸してほしい』と言葉を尽くして説明してくれた。

祖父は最後まで『とっとと帰れ』という態度を崩さなかったが、最終的にはリーゼロッテの『私のやれることをやりたい』という気持ちを尊重してくれて、今自分はここにいる。

「リーゼロッテ様のお気遣い、もったいなく思います」

アルヴィンはそう言って、また一歩身を引く。

　今回の旅は、護衛の騎士が六人、リーゼロッテの身の回りの世話をする侍女がひとり、それにその他の雑務などを担当する従僕が三人という、まさかの護衛が一番多い旅路である。

　もっと少なくていいとルカに言ったのだが、

『未来の皇妃の旅です。これ以上減らすことは絶対にできません』

　と、突っぱねられてしまった。

　正直言って彼と結婚するつもりは一切ない。そもそも聖女扱いされたところで、罪人と烙印を押された自分が皇妃の地位に就いていいはずがない。公爵を筆頭に、ルカに妃を娶るように迫っていた貴族たちもそれを許さないだろう。

（夏が終わる頃に、なんて言っていたわね。それまでに諦めてくれたらいいけれど……）

　とりあえずは帝国に蔓延する瘴気の浄化を第一に考えたい。

「姫様」

　ルカがリーゼロッテの手を取る。顔を上げると同時に、手の甲に唇が押し付けられた。

「どうぞ、ご無事で。俺も執務を片付けて、すぐに追いかけますので」

「……あなたは都を離れないほうがいいと思うわ。皇帝が軽々しい行動をとらないほうがいいと思うの」

　ルカの感触が残る手をサッと引いたリーゼロッテは、できるだけ静かに口を開いた。

なんとルカはリーゼロッテの浄化の旅に付きそうと言ってきかなかった。

皇帝が長期的に都を離れるなんて、ありえない。さすがに無理があると拒否したが『国家事業ですから』と突っぱねられてしまった。

とはいえ、一緒に旅立つのは難しいらしく、途中から合流予定らしい。

「俺のことを心配してくださっているのですね。ですが大丈夫ですよ。今さら俺を蹴落としたところで、貴族たちには何の得もありませんので」

ルカはにっこりと笑ってリーゼロッテの手を握る手に力を込める。

「わ、私は別に私は心配なんか……」

ただ単に距離を置きたいだけだと言わんばかりにつん、と顔を逸らして手を離したが、ルカは相変わらずゆったりと微笑んでいて、それから改めてアルヴィンに視線を向けた。

「アルヴィン、頼むぞ」

「ハッ……」

そうしてリーゼロッテは、ルカや大勢の貴族たちに見送られて、帝都をたつことになったのである。

最初に向かったのは、帝都の西にある商業都市だった。海に連なるラグーンが美しい、かつては水の都と呼ばれた都市である。

馬車で旅をすること、丸三日。到着した頃にはすでに日が落ち始めていたが、都市部に近づくにつれて煌々と明かりが灯っているのが見える。赤や緑、黄色と言った色とりどりの明かりが海に反射して、実に幻想的な景色だったので、思わず窓から顔を出してしまった。

「きれいねぇ……。お祭りでもしているのかしら？」

皇女だった時は、帝都を一歩も離れたことがなかったし、フィドラーの森で生活するようになってからも同じだった。浄化という仕事のための旅だとわかっているが、つい声が弾んでしまう。

すると馬車のすぐそばを馬で並走している馬上のアルヴィンが、くすっと笑う。

「あれはリーゼロッテ様を歓迎しているのですよ」

「歓迎……って、えっ？」

自分が瘴気を浄化するためにやってきたことを知っているのは、一部の施政者だけだと思っていたので、リーゼロッテは体を硬くこわばらせてしまった。

脳裏によぎるのは、やはり市民の罵声だ。

『バルテルスの毒花！』

『死んで詫びろ！』

『帝国から消えてしまえ！』

五年経ったというのに、いまだに忘れられない。

今でも耳の奥で響いている罵声は、リーゼロッテの心には棘のように、深く突き刺さっていて、おそらく一生、忘れることはできないのだろう。

頬をひきつらせ、唇をきつく引き結ぶリーゼロッテを見て、アルヴィンが安心させようと言葉を続けた。

「極力目立ちたくないというリーゼロッテ様のお気持ちを汲んで、出迎えなどは遠慮するように市長に伝えております。ですが歓迎と感謝の意味を込めて、市民が自主的にああやって明かりを灯しているのでしょう」

「歓迎って……。そんな、まさか……私は罪人よ」

するとアルヴィンは目を見開き、慌てたように声を上げた。

「リーゼロッテ様は、ご自身の名誉が回復されたことをご存じないのですか？」

「え？」

目を丸くするリーゼロッテを見て、アルヴィンは焦ったように言葉を続ける。

「リーゼロッテ様が獄中で亡くなったと知らされた後、陛下はリーゼロッテ様の名誉を回復するために奮闘されました」

「……本当に？」

初めて聞いた話に、リーゼロッテは目をぱちくりさせる。

「はい。国庫を傾けたのは前皇帝とあなたを除く御子たちで、むしろリーゼロッテ様は宝石ひとつ持たず、つつましやかにお暮らしだったこと。実家に問題があり、嫁に行くことができないような貴族令嬢を女官として召し上げ、暮らしをお助けになっていたこと。貴族の男たちを寝取るなどとんでもなく、婚約者ですらほぼ離宮に近寄らず、普段は年老いた家令か、たったひとりの騎士だったルカ様としか、お話しにならなかったこと。あなた様が皇室批判から目をそらすためのスケープゴートにされたことについては、もはや帝国民の大半が事実を知っております」

落ち着いたアルヴィンには珍しく、少し早口だった。

本気でリーゼロッテの誤解を解きたいと思っているのが、伝わってくる。

「――そう、だったの。知らなかったわ」

多くの貴族の男たちを寝取ったとか、罪のない人を殺し、血を浴びてその美貌を維持していた等々、でっち上げのめちゃくちゃな疑いは、とりあえず晴れているらしい。

もちろん今でもそれを信じている人たちもいるだろうが、ルカがリーゼロッテのために必死に頑張ってくれたと聞いて、少しだけ溜飲が下がる。

(おじい様はご存じなのかしら……いや、きっと知らないわね)

フィドラー領は帝国からかなり離れているし、村人たちはリーゼロッテの境遇を知らないので、知りようがなかったのだろう。

（ルカが……私のためにそんなことをしてくれていたなんて）

いやらしいことをされたり、結婚だのと勝手なことばかり言われて腹を立てていたが、死んだはずの自分の名誉を、どうにかして回復させようと奮闘した彼の思いやりを思うと、胸がきゅんと締め付けられた。

「リーゼロッテ様……陛下とのご結婚はやはり不本意なのでしょうか」

そこでアルヴィンが、思い切ったように尋ねてくる。

「えっ……？」

アルヴィンにいきなりそんなことを言われるとは思っていなかったので、リーゼロッテは目を丸くする。

「ふ、不本意というか……。皇帝は結婚するべきだとは思うけど、よりにもよってなぜ私……とは思うわ」

ぼそぼそとつぶやくと、アルヴィンが興奮したように眉を吊り上げた。

「そんなことはありません。陛下は即位されてから五年、国内外から百はくだらない縁談を持ち込まれておりますが、なんだかんだと理由をつけて、すべてお断りしております。ですが、ようやく理由がわかりました。陛下は、ずっとリーゼロッテ様を思われていたのですね。だから今までご結婚されなかったのでしょう」

「えっ!?」

アルヴィンのとんでも発想に、リーゼロッテは驚いてぶるぶると首を振った。

「そ、そんなわけないわっ！　その……あの人は……面倒だから結婚しなかったって言っていました。激務すぎて妻を持つ暇がなかっただけよ。私のことを思っていたなんて、絶対にありえないわ……私なんかが……」

思わず大きな声が出てしまったが、しょぼしょぼと続ける言葉はしりすぼみになってしまった。

するとアルヴィンが、

「ですがこの五年、陛下は愛人すらお持ちにならなかったのですよ」

と声を潜める。

「それは……あなたたちが知らないだけかもしれないじゃない」

リーゼロッテはぼそぼそと答えた。

かつてルカが護衛騎士だった頃、陰で女官たちから恋文を渡されていると侍女たちから耳にしたことがある。リーゼロッテの前では一切そんなそぶりを見せなかったので、リーゼロッテはその話を聞いて、やきもきしていたものだ。

するとアルヴィンは、まさか、と馬上で肩をすくめる。

「陛下に秘密の恋人がいたとしても、必ず誰かが気づきます。そしてその恋人がのっぴきならないお相手……例えばどこぞの人妻だったとしても、有力貴族たちは即座に離婚させて、その女性を公的な愛人として扱ったでしょう。陛下はまだお若いとはいえ、皇位の安定は急務ですから」

「――」

アルヴィンの言葉に、リーゼロッテは完全に言葉を失った。

ルカは子ができたら面倒だとは言っていたが、結婚していなくとも、恋人か愛人くらいはいたに違いないと思い込んでいた。だが彼はこの五年、恋人すらいなかったらしい。

「陛下が結婚したいお相手がいるのなら、それは恋い慕う相手だから、と思うのが当然でございますよ」

アルヴィンはそう言って、満足したように微笑むと、一礼して馬車から距離を取った。

（ルカが、私を……？）

一瞬だけ考えたが、すぐにまさかと肩をすくめる。

（ありえないわ。そうよ、ルカが私を思っていたなんて……あるわけじゃないじゃない）

彼がリーゼロッテの騎士だったのはたった二年だ。

リーゼロッテはルカに恋をしたが、外れ姫だった自分に、彼が恋をするなどありえない。

普通に考えれば、精霊の加護を持つリーゼロッテを、帝国内にとどめておきたいから、という理由が一番しっくりくる。

（それとももう一つ……ルカの並々ならぬ、後悔の念、かしら……）

責任感の強いルカは、反貴族の立場ではあったが、リーゼロッテを護れなかったことを心の底から悔やんでいたようだった。事実、リーゼロッテはたまたま精霊の加護で息を吹き返したが、死んでいてもおかしくなかったのである。

『奪われたものをお返ししたい』

彼はルカはそう言っていた。

(そうよ……好きだとか、恋慕うだとか、そんな理由のはずがないわ)

リーゼロッテは膝の上でこぶしを握りしめ、思考をそこで放棄したのだった。

それから馬車は、都市の中心部にある市長の屋敷に到着した。とっぷりと日は暮れて建物の中からランプの明かりが外に漏れている。

てっきり町の宿にでも泊まるのだと思っていたリーゼロッテは驚いたが、警備上の問題だとアルヴィンに言われて、なるほどとうなずいた。確かに宿には不特定多数の人間が集まるので、警備や出入りの人間をチェックするのが大変だ。市長の私邸ならその手間は省ける。

「聖女様、お待ちしておりました!」

立派な屋敷の正面玄関の前に立っていた男が、馬車から降りるリーゼロッテに駆け寄ってくる。

市長は祖父と同じくらいの年齢の男で、仕立てのいい服を身に着けていた。リーゼロッテを見て、揉み手をしながら平伏せんばかりに頭を下げる。

「聖女様の浄化最初の都市として選んでいただいたこと、ありがとうございます！　さぁ、どうぞこちらへ！　まずは家族を紹介させてください！　私には息子が三人おりまして、一番下の息子は聖女様と年も近く――」

と、けたたましく自己紹介をしながらリーゼロッテをエスコートしようとしたが、

「ご家族の紹介は後にして、すぐに瘴気に案内してもらえますか？」

リーゼロッテはゆるやかに首を振ってそれを制し、立ち止まった。

「えっ？」

市長があっけにとられたようにぽかんと口を開ける。

「その……今からでございますか？　あちらで聖女様のための、贅を尽くしたお食事の用意もしておりますが」

エントランスの向こうからは、管弦楽の音色が聞こえる。余計な歓待は必要ないと伝えていたはずだが、やはり色々と準備していたようだ。

「お気持ちはありがたいのですが……浄化は早い方がいいでしょう。違いますか？」

リーゼロッテはフードをかぶったまま、ゆったりと首を振った。

その毅然とした態度に市長はハッとしたように表情を引き締め、背後に並んだ役人らし

き男たちを振り返る。

「お前たち、すぐに船の用意を……！」

命じられた男たちは、慌てたようにエントランスを出ていった。

そして市長は唇を引き結び、施政者の顔になる。

「聖女様。この町の瘴気は水源に発生しております。海より連なるラグーンは網の目のように入り組んでいて、じわじわと町をむしばみ、病人も出ております。海産物も汚染され、もうどうにもなりません」

都市の中心には大きな運河が流れており、そこから毛細血管のように小さな運河が広がっているのが、この西の都の主な特徴だ。地上も狭い小道ばかりで大きな馬車は通ることすらできない。なので人々の移動手段は主に船、もしくは徒歩だという。

「水は流れていくもの。瘴気を浄化すれば状況は改善されるでしょう」

瘴気を消せば、後は自然がそれを癒す。水が豊かなフィドラーの森で、それは実証済みである。

リーゼロッテの言葉に、市長は神妙な顔をしてうなずいた。

それからリーゼロッテはアルヴィンを連れて、市長とその側近とともに街中のラグーンから小舟に乗り、瘴気の大もとへと漕ぎだしたのだった。

夜の海はとても穏やかだった。

月も明るく雲一つない。ただ波が砂を押し流す音だけが、定期的に聞こえてくる。

目を閉じればここが瘴気が充満する場所だとはわからない、静かな夜だ。

だが目を凝らすと、小さな小島を覆うように、怪しいモヤのようなものが漂っているのが見える。夏の陽炎(かげろう)にも似ていて、まるでそこだけ空間が歪んでいるようだ。

「あれが町をむしばむ瘴気です」

市長がおびえたように、かすれた声で告げる。

「島に降ろしてください」

するとすかさず、アルヴィンが「私もお供します」と即座に告げる。

「アルヴィン……」

瘴気は人体に影響があると言われている。だが彼は大丈夫、と言わんばかりに目を細めて微笑んだ。

「普通の人間よりは瘴気に耐性があります。それに島には獣などいるかもしれません。つゆ払いをさせてください」

「わかりました。あなたがそう言うのなら」

帝国騎士ではなく聖騎士のアルヴィンが旅の供につけられたのは、そのためなのかもしれない。

リーゼロッテはアルヴィンとともに小島に降り、モヤのある方向へと向かった。

見渡した限り島はそれほど大きくない。一周歩くのに一時間もかからないだろう。空を見上げるが、分厚い瘴気に隠れて星ひとつ見えない。

「私が先導しますので、リーゼロッテ様は後からどうぞ」

そうしてアルヴィンは腰に下げていた剣を鞘からすらりと引き抜くと、道をふさぐように生えている木々を凪ぎ払いながら、ずんずんと先を歩いて行く。

耳を澄ますと、ほうほう、と鳥の鳴く声がする。それからしばらく島の中央に向かっていったところで、急に空気が重くなった。まるで水の中、いや、泥の中を歩いているような雰囲気だ。

前を歩いていたアルヴィンが、気圧されたように立ち止まった。瘴気を感じたのだろう。

「ここから先は私が行きます」

「かしこまりました」

リーゼロッテはアルヴィンを追い抜き、さらに奥、どす黒い瘴気をまき散らす小さな泉の前に立った。

(これはひどい……)

思わず唇を引き結ぶ。

自然が多く残るフィドラーの森では、これほどの瘴気は見たことがなかった。目を凝らして泉を覗き込むと、湖の底からひどい悪臭が漂っている。

「……かわいそうに」

瘴気は死んだ魔獣から生じる。死体は数百年経っても土地に呪いとして残り続けるだけでなく、戦争や争いという人の血を媒体にして、さらに瘴気を発生する。魔獣がここで死んだのは数百年前だろうが、西の都が発展するにつれて海に垂れ流される汚水が、この場を汚してしまったのだろう。

(早く楽にしてあげたい)

リーゼロッテはかぶっていたフードを下ろし、マントを脱ぐと足元に広げて座る。顔の前で指を絡ませて、深呼吸を繰り返す。

恐れがないわけではないが、今は自分を信じて、やれることをやるしかない。

「夜の精霊、フィン」

リーゼロッテが名を呼んだ次の瞬間、リーゼロッテの前に長毛のハチワレ猫が姿を現す。

彼はシャボン玉に似た光に包まれたまま、ふわふわと宙に浮いていた。

『りず』

「フィン、私に力を貸してくれる?」

『ああ、わかった。せいれいのかわいい、いとしごよ。なんじにちからをかそう』

いつもは愛らしい白足袋の手が、雄々しく変化していく。

筋肉が盛り上がり、太い爪が現れて、ギラリと輝く。

もはや猫ではない、魔力の塊だ。

そうしてフィンは、みるみるうちに巨大化し、周囲の木々と並ぶほど大きくなったところで、水の上に四つ足をしっかりと踏みしめて、立ったのだった。

水面の波紋はさざ波のように広がり、フィンの声が厳かに変わる。

『水に添いし茂る月桂樹よ。闇は永久に色褪せぬ。その風は枝そよぎ、泥を払う』

古い呪文を唱えるフィンに合わせるように、リーゼロッテは精神を集中させる。

今よりももっと、はるか昔。人々は当たり前のように精霊の声を聞き、自然に身をゆだね、ともに生きてきた。人と自然はもっと密接な関係だった。人も自然の一部だった。

(こんな大きな瘴気は初めてだけれど、大丈夫……フィンもそばにいてくれるわ)

リーゼロッテは心を落ち着かせて、神経を集中させる。

今の自分は、この大地に根を張る小さな苗木で、川の底に落ちている石ころで、木々を揺らす風だ。

眉間の奥から今、自分が自然と一体化していることがわかる。

(魔獣よ。大地への憎しみを捨てて、自由になって……)

リーゼロッテを中心にして、まばゆいばかりに光の輪が広がっていく。

「おお……!」

背後に控えていたアルヴィンが感嘆の声を漏らし、数歩後ずさった。

巨大な天使の輪に似たそれは、水の都の空を一瞬だけ明るく照らし、そしてそのまま元の闇の中へと消えていく。どろどろと瘴気を溢れさせていたはずの湖は、まるで何事もなかったかのように美しく輝き始める。

（よし……！）

リーゼロッテはぱちっと目を開けて息を吐いた。

いつもより大きな瘴気だったので、うまく浄化できるか気になったが、体にも何ら問題はないようだ。

フィンもあっという間に、いつものハチワレ猫姿に戻って、スタスタと水の上を歩きこちらに戻ってきた。

「フィン、ありがとう」

彼の狭い額を指で撫でると、

『もんだいない』

フィンはくすぐったそうに首をかしげた後、ふっと、煙のように消えてしまった。

リーゼロッテは地面に敷いていたマントをつかんでぱんぱんと土を払い、それから何事もなかったかのようにマントを羽織り、アルヴィンを振り返る。

「――終わりました……って、どうしたのですか？」

アルヴィンは雷に打たれたかのように、その場に跪いている。

「アルヴィン、大丈夫？」

もしかして瘴気に当たったのかと慌てて駆け寄ると、彼はさらに深く頭を下げ深く感じいったように、声を震わせる。

「私は教会に仕える騎士ですが、今後はあなた様に仕える許可をいただきたい」

「えっ……？？？」

「リーゼロッテ様のお力を間近で拝見し、その素晴らしさに感服いたしました。もはや教会における己の身分、立ち位置などどうでもいい！　どうぞ、そばに仕えることをお許しくださいませ……！」

「やっ、えっ、あの……突然そんなことを言われても困るわ……」

リーゼロッテは、地面に額をこすりつけそうな勢いのアルヴィンに、おろおろしつつ周囲を見回したが、残念ながらこの場には彼を止める人間などひとりもいないのだった。

浄化を終わらせたリーゼロッテは、再度市長の屋敷に戻り、ふらふらと一直線にベッドに向かう。

リーゼロッテ直属の騎士にしてほしいと迫るアルヴィンには『ルカの許可があれば』と答えて、なんとか納得してもらった。

『別に私はすごくないのよ、精霊の力なの』

何度もそう伝えたのだが、アルヴィンは『精霊の加護をお持ちなのはリーゼロッテ様でしょう。精霊に選ばれた御身は何物にも代えがたい存在です』と納得しなかった。おまけに町の変化を目の当たりにした市長も、アルヴィンに負けず劣らず感動したようだ。

『ぜひ聖女をたたえる宴を開催したい！　十日ほど我が家に滞在してください！』と言われて、必死に固辞したのはいうまでもない。

「はぁ……疲れた……」

市長から聞いた話だが、多くの市民が夜空に輝く光を見上げた後、我先にと海辺へと走ったらしい。そして瘴気が消えたのは聖女の浄化のおかげだとわかって、大騒ぎになったのだとか。

浄化だけで済まなさそうな歓迎の空気が、リーゼロッテにはかなりこたえる。

リーゼロッテは人々の熱狂が今でも恐ろしいのだ。

歓迎も拒絶も、どちらも同じ空気を感じる。

（これから行く先、全部こんな感じなのかしら……）

茫然と、天井を眺めながらぼんやりしていると、

「姫様は、押しに弱すぎるところがありますね」

と、すぐ近くで声がして、仰天した。

「きゃあっ！」

飛び起きて声のしたほうを見ると、なんと壁際に置いている椅子に、長い足を組んだルカが優雅なたたずまいで座っていた。

しかもすぐそばのテーブルの上にはホカホカと湯気を立てたポットが置いてある。どこからどう見ても、最初から部屋の中で待っていた雰囲気だ。

「えっ、ルカ……!?」

ポカンとしているリーゼロッテを見てルカはクスッと笑うと、ゆっくり椅子から立ち上がってリーゼロッテの元に歩み寄ってきた。そしてベッドの前に跪き、リーゼロッテの手を取りキスをする。

「浄化、お疲れさまでした」

「え……。あ……ありがとう、ございます」

とりあえずお礼を言うと、彼はふっと笑って立ち上がり、当たり前のようにリーゼロッテの隣に腰を下ろす。彼のほうがうんと体が大きいので、ベッドがきしんでリーゼロッテは傾いた。

たったそれだけのことに、リーゼロッテの鼓動は勝手に激しくなってしまう。

ルカとベッドの上で並んで座るのはよくない気がした。

（またいやらしいこと、されてしまうかもしれないし……！）

リーゼロッテはさっと立ち上がると、部屋の中央に置いてあったソファーに移動し、背筋を伸ばした。

「ルカ、あなた仕事はもういいの？」

『執務を片付けて、すぐに追いかける』と言っていたが、まさかこんなに早いとは思ってもみなかった。

「ええ。あの後なんとか膨大な書類仕事をすべて終わらせて、早馬を飛ばして参りました」

ルカはベッドの上で長い足を組むと、肘をついてリーゼロッテを見つめた。

「まさかひとりで？」

「一応供はつけてきましたが、もう帰しましたよ」

さらりとつぶやくルカの姿は、バルテルス帝国の漆黒の騎士服で、かつてリーゼロッテのそばに仕えていた時と同じものだ。皇帝がここにいるというのに、あの騒がしい市長が大人しいはずがない。

「……もしかして、ただの騎士のふりをしているの？」

「はい」

ルカはにっこり微笑んでベッドから立ち上がり、最初に座っていた椅子の砂時計をチェックし、手慣れた様子で紅茶をいれ始めた。

「俺はこれから、あなたに仕える護衛騎士として、浄化の旅のお供をするつもりです」

ふわりと鼻先をかすめる紅茶の香りに、一瞬気が緩みかけたが、それどころではない。

この皇帝はなにを言っているのだ。

「なんなの、それ！　無茶苦茶よ！」

合流すると言われた時も驚いたが、仮にそうなったとしても、リーゼロッテが浄化をする町に物々しい警護とともにやってきて、一日か二日滞在するだけと思っていた。

なのに彼は身一つでやってきたかと思ったら、これからはただの騎士としてリーゼロッテに付いてくるという。本当に意味がわからない。

「そうですか？　市長も側近たちも、俺に気づきませんでしたよ。皇帝など所詮その程度の存在です。問題ありません」

ルカはさらりとそう言って、紅茶のカップをリーゼロッテの前に運び、両手を腰の後ろに回して背筋を伸ばした。

艶やかな黒髪を首の後ろで結い、漆黒に銀糸で刺繍がされた騎士服に身を包んだルカの姿は、かつて彼が自分に仕えていた時と同じで、まるで昔に戻ったようだ。

もし――五年前にあんなことがなければ、こんな未来があったかもしれない。

勝手ではあるが、そんなことを考えて胸が締め付けられてしまう。

（いいえ、昔は昔。今は今よ……甘いことを考えてはだめ！）

リーゼロッテはふとした瞬間に弱りそうになる己の心を必死に励ますと、気持ちを立て直すように唇をぎゅっと引き結ぶ。

なんとかしてルカに目を覚ましてもらいたいリーゼロッテは、必死に考える。

（とにかくルカは、私に対してこの五年分の深い後悔があって……いくら私がもういいからと言っても、よくなくて……。だったらもう、ルカの好きにさせるしか、ないのかもしれない）

リーゼロッテはしばらく考え込んだ後、軽く息を吐いた。

「――わかりました」

小さくうなずくと同時に、ルカはパッと笑顔になる。

「よかった……」

心底ホッとしたと言わんばかりの態度に、リーゼロッテは無性におかしくなる。

人のことを監禁するなどと物騒なことを言っておいて、許しが欲しいなんてちぐはぐすぎないだろうか。

「あなたは皇帝なんだから、結婚の時みたいに命令したらいいのに。そうだわ、私の首に鎖でもつけたらどう？」

それはちょっぴりの皮肉でもあったのだが、ルカはすうっと息をのみ、それからどこか悲しそうに眼を伏せ唇を引き結んだ。

「姫様に首輪など、そんな粗末な扱いはできません……」

打ちひしがれたルカを見た瞬間、リーゼロッテはどうやら彼を傷つけたことに気が付いた。いざとなったら監禁するとまで言うような男なので、まさか落ち込まれるとは思わなかった。

(監禁はよくて、首輪はダメなんだ……)

両者にどれほどの違いがあるかは謎だが、リーゼロッテは慌ててソファーから立ち上がり、おろおろしながらルカに近づく。

「今のは確かに嫌味っぽかったわ。意地悪を言ってごめんなさい」

うつむいたルカの腕に触れて、背の高い彼の顔を下から覗き込む。少し太めの眉の下、驚くほど長いまつ毛に囲まれた彼の深紅の瞳がゆっくりと羽ばたき、それからリーゼロッテと視線が絡み合った。

「――」

ふたりの間に、ほんの数秒無言の時間が流れる。このまま彼を見つめていていいのか、そう思うと同時に、目を逸らしてはいけない気がした。

「ルカ……?」

次の瞬間、彼はふっと柔らかく微笑んで、

「――失礼しました。お優しいリーゼロッテ様は、お願いすればなんでも言うことを聞いてくださるでしょう？　押しに弱いし情にほだされやすい。だからつい、命令するのを忘れていたようです」

「まぁ……！」

傷つけたと思って謝ったのに、と目を見開いたところで、彼はゆっくりと顔を近づけて甘い声でささやく。

「姫様。口づけさせてください」

「えっ……？」

「あなたに口づけたい。ほら、前も気持ちよさそうにしてくださったでしょう。浄化でお疲れになったあなたを癒して差し上げたいのです」

迫りくるルカは両手でリーゼロッテの頬を挟み込むと、そのまま覆いかぶさるようにキスをする。

「んっ……あ」

いいなんて、答えていないのに。ぬるりと滑り込んだ彼の舌が、リーゼロッテの口内を這いまわる。彼の舌はしっとりと熱く、それでいて不思議と果物のように甘い味がして、リーゼロッテの体を蕩けさせてしまう。

脳裏にアルヴィンの発言が浮かんだ。

『陛下は、ずっとリーゼロッテ様を思われていたのですね』

もしかしたら、なんて思ってしまう自分が嫌だ。

リーゼロッテは戸惑いの中、目を閉じて彼の口づけを受ける。

ルカはちゅっ、ちゅっと音を立ててリーゼロッテの舌を吸い、唾液を流し込みながら、また舌を絡ませる。

彼の舌は熱く、柔らかかった。ただ絡ませているだけで、全身が蕩けるように熱くなる。

(あぁ、ルカ……あなたの背中に腕を回せたら、いいのに)

そう思うと同時に、ルカのちょっとした態度や発言がリーゼロッテの理性に歯止めをかける。

ルカは自分を好きではない。愛してなどいない。

『リーゼロッテが気持ちよさそうにしてくれたから、そうしたい』だけなのである。

彼は自分に好意があるわけではなく、奉公の気持ちでそんなことを言っているのだ。

(ただ一言、好きだと言ってくれたら……それだけでいいのに……)

それだけで自分は、天にも舞い上がるような気持ちになれるというのに。

「あぁ、姫様……かわいらしいお顔だ」

長いキスを終えて目を開けると、食い入るようにこちらを見つめるルカの視線と絡み合う。

そうして彼はゆっくりと、時間をかけてリーゼロッテの唇を味わった後、胸元から白いレースのハンカチを取り出して、リーゼロッテの唇をぬぐい、またそれを大事そうにしまい込んだ。

「侍女に軽食と湯を運ばせます。お手伝いいたしましょうか」

その言葉にリーゼロッテは我に返る。

「あっ、あなたはなにもしなくていいわ！」

慌てて口を挟むと、彼は小さくうなずき、「かしこまりました。隣の部屋に控えております」と言い、そのまま部屋を出て行った。

ばたんと静かに閉まるドアを見て、リーゼロッテはゆっくりと息を吸い、そして吐く。

「はぁぁ……」

深いため息とともに、そのままテーブルに突っ伏した。

また、唇を許してしまった。

彼を嫌いではないから、むしろひとりの男性として彼が好きだから、こんなことをされると心が揺らいでしまう。

皇妃になんか絶対になりたくないのに、奉仕の気持ちでキスなどされたくないのに、どうにかして彼のそばにいられないかと思ってしまう。

ただ静かに生きていきたいと思っていた自分は、いったいどこに行ってしまったのだろう。

四章　「道具のように」

翌朝、リーゼロッテは静かに市長の屋敷を出発し、町を出た。日が昇るよりもだいぶ早い時間だ。町はまだ半分以上が眠りについている。

（私はこの町に住む人たちの生活を、守れたのかしら……）

窓の外の、薄紫の空をぼんやりと眺めているリーゼロッテに、

「――本当に、よろしかったのですか？」

同じ馬車に乗り込んだルカが、低い声でささやいた。

「いいのよ。瘴気が消えたなら、それで。私に感謝なんて必要ないわ」

朝、起き抜けに『町を出る』と告げると、市長はかなり慌てふためいていた。

どうやら今日、瘴気が消えたことを祝う聖女のパレードを考えていたらしい。なんとなくそんな気がしていたので、誰にも相談せず出発することにしたのだが正解だったようだ。

市長からはせめてもう半日いてほしいと懇願されたが「一日でも早く次の瘴気を消したいので」と告げ、さっさと馬車に乗り込んだ。

「容易なことではないと思いますが、この町に精霊が戻るよう努力してください。環境を整えなければまたすぐに元に戻りますし、私の力が及ばないことになっているかもしれません」というちょっぴりの脅しをつけて。

市長は恐れおののきながらも、何度も「おっしゃる通りにいたします！」と頭を下げた。

ちなみにルカはリーゼロッテの考えなどお見通しのようで、リーゼロッテよりも早く起きて出発の準備を整えていた。

「市長は姫様を己の権威を高める道具にしようとしていましたから、写真一枚撮らずに出てきたのは正解だと思いますよ」

ルカはそう言って、座席にのせていたバスケットから、包み紙と水筒を取り出す。

「そうなの？」

「そうです。おまけに息子を、姫様に紹介するつもりだったようで」

ルカは憮然とした表情で「身の程知らずが……」とぼそり吐き捨てる。

「今、なにか言った？」

「いいえ、なにも」

ルカはにこりと笑うと、何事もなかったかのように、

「俺が作りました。サンドイッチです。お召し上がりください」

と、包みを差し出してきた。

「あなたが作ったの？」

「ハムとチーズを挟んだだけですが」

騎士服のルカは苦笑して、切れ長の目を細める。

「……ありがとう」

包みを受け取って膝の上で広げる。見ると途端に空腹を覚えた。

「私以外のみんなは、食べたのかしら」

急に出発すると言ったので戸惑ったことだろう。

自分だけいいのかとためらっていると、

「大丈夫ですよ。皆適当に用意しております」

と、ルカが微笑む。

「そう……よかった。ではいただきます」

そうしてリーゼロッテは、ルカお手製のサンドイッチを口に運んだ。

もぐもぐと咀嚼（そしゃく）すると、ピクルスのさわかな酸味が口いっぱいに広がる。

「あっ、おいしいっ！」

思わず指で口もとを押さえると、

「姫様は酢漬けがお好きだったでしょう。多めに刻んで入れておきましたよ」

ルカはそう言って、優しく目を細める。その微笑は昔見たものと寸分変わらず、胸がどきんと跳ねる。

「そんなことを覚えていてくれたのね。ありがとう。とても嬉しいわ」

なにかつまらないことを言って、呆れられたりするのが嫌で口をつぐみがちなリーゼロッテだが、他人が自分にしてくれた感謝には、ありがとうと言えるので、素直にそう口にした。

するとルカは少しだけ目を細めて、

「――こんなことで、あなたは嬉しいと言ってくださるんですね」

と、どこか困ったようにつぶやく。

「え……？」

「昔から、そうでした。俺が庭園で見つけた四つ葉のクローバーや、猫の落書きを喜んで受け取ってくださっていた」

「ルカ……」

お金に余裕がないリーゼロッテは普段の娯楽も素朴で、ほかの兄妹のように、毎日お茶会や舞踏会を開いたり、城を出てお芝居を見に行ったりすることができず、庭に遊びに来る猫をスケッチしたり、四つ葉のクローバーを探したりというのが常だった。ルカはそんなおままごとのようなリーゼロッテのお遊びに、嫌な顔ひとつせず付き合ってくれていたのだ。

だが祖父からの手紙や本だけが日々の楽しみだったリーゼロッテにとって、ルカとの時間は文字通り『宝物』だった。

「今思えば……子供っぽすぎるわね。忘れて」

恥ずかしくなってうつむくと、ルカはゆっくりと首を振った。

「いいえ。俺にとって、あなたと過ごした二年間は唯一無二でした。決して忘れられない、大事な時間です」

大事な時間――。

その言葉に、リーゼロッテの心はふわっと温かくなる。

「ほ……本当に？」

思わずすがるような口調になってしまったが、ルカは穏やかに微笑んで、うなずいた。

「勿論(もちろん)です。俺は、あなたのことならなんでも覚えています」

と、ビックリするような言葉をさらりと吐いた。

「なんでもって……」

なんだかとても意味深に聞こえて、しどろもどろになってしまった。

「お疑いですか？」

ルカが色っぽい低い声で首をかしげる。

「そ、そうじゃなくて……私のこと、なんて……その……どうして」

どうして、とつぶやきハッとした。

（いや、この流れはまずいわ……。私が彼のことを好きだってバレてしまう気がする……！）

ルカが昔のことを覚えてくれていたことが嬉しすぎて、つい期待するような態度をとってしまった。

そもそもルカは過去の後悔から、償いで自分と結婚しようと思っている男だ。もし万が一恋心が伝わってしまったら、彼は『あなたの御心に応えられるよう、結婚生活もより一層精進します』なんて言いそうで、考えただけで眩暈がする。

そんな忠義をリーゼロッテは望んでいない。ルカを好きだからこそ、義務で結婚などしたくなかった。

「――それにしても、本当においしいわね。私が作るピクルスとはまた少し味が違うかも。なにか秘訣がある？　今度、教えてくれないかしら」

強引に話を逸らした自覚はあるが、リーゼロッテの言葉にルカは物静かに「勿論です」とうなずいたのだった。

それから揺れる馬車の中で、手のひらほどの大きさのサンドイッチを食べ終える。

差し出された食後の紅茶をゆっくりと飲み干したところで、

「姫様」

なにかを考え込んでいたようなルカが、身を乗り出すようにして、リーゼロッテの顔を覗き込んできた。

「……なぁに」

おそるおそる尋ねると、彼は深紅の瞳を甘くきらめかせながら少し心配そうに目を細める。

「気になっていたのですが、やはりお顔の色がすぐれませんね。うっすらとクマが残っている」

彼は手を伸ばし、リーゼロッテの目の下の皮膚の薄いところを指先で撫でる。

「昨晩は眠れませんでしたか？」

「……そ、そうね」

初めての大きな浄化で、少し興奮していたのもある。なかなか寝付けなかったのは事実だ。

小さくうなずくと、彼は真顔でさらに言葉を続けた。

「今晩、よく眠れるようにおそばに侍(はべ)りましょうか」

「え……？」

「俺をあなたの寝室に入れてくだされば」

ルカは甘く低い声で歌うようにささやきながら、もう一方の手をリーゼロッテの膝の上にのせた。

たったそれだけのことで、心臓がどくん、どくんと鼓動を主張し始める。強張った表情のまま、ルカから目が離せなくなる。

心臓がバクバクと跳ねて、口から飛び出しそうだ。

「……子守歌でも歌ってくれるの？」

動揺を悟られたくなくて、リーゼロッテはへたくそに笑ったが、目の前のルカは相変わらず熱っぽい目をしていた。

「いいえ」

ルカは低い声をなお潜めて、ささやく。

「姫様のお体を、可愛がってさしあげたいのです」

そして彼は深紅の瞳を妖しく輝かせる。

「っ……」

やはり、そういう意味だったようだ。リーゼロッテは呼吸も忘れて、目の前のルカを見つめた。

これまで彼は、ひたすら『リーゼロッテのため』と言ってきた。

だがもしアルヴィンの言うように、リーゼロッテ個人を好ましく思ってくれてそういう態度をとっているというのなら、話は別だ。

(ルカが、ルカ本人が私を『欲しい』と思ってくれていたら……私は……)

「それは……どういう気持ちから、なの?」

期待と不安の中、これまでのことを振り返りながら問いかけると、ルカは真剣な表情で、きっぱりと言い切る。

「勿論、姫様のためを思ってのことです。私情は一切挟んでおりません」

その言葉に、頭から冷や水を浴びせられたような気持ちになった。

私情を挟んでくれていたら、どれだけよかったか。

「私の、ため……なの? あなたの気持ちは、そこにはないの……?」

震えながら問いかけると、彼は不思議そうに、自身の胸のあたりを手のひらで押さえる。

「俺の思い、ですか?」

「そうよ……ルカ。あなたの考えが知りたいの……教えて」

すがる気持ちで問いかけると、ルカは生真面目に唇を引き結んだ。

「そんなもの、必要ないでしょう」

きっぱりと言い切る彼の瞳は至極真剣だった。

「浄化の旅は楽なものではありません。なのに姫様は愚痴ひとつこぼさない。誰の賞賛も歓迎も欲しくないとおっしゃって、贈り物ひとつ受け取らない。俺はあなたのお心とお体が心配なのです。俺は姫様に、道具としてお使いいただきたいと思っているだけです。どうぞ、信じてください」

そしてルカは、大輪の薔薇のようにあでやかに微笑んだのだった。

確かに彼の言うとおり、リーゼロッテは『一切の歓待は不要』と言って帝都を離れた。むしろそれを一番の条件にしたくらいである。次の浄化が終わればまた同じように、なるべく早く町を離れて、次の瘴気を浄化しに行きたいと思っている。だがそれとこれとは、まったく違う話だ。

「あなたを、道具として……？」

リーゼロッテは絶望の中、ぽつりとつぶやく。

まただ。また彼は『自分を道具として扱え』と口にした。

（どうして、そんなことを言うの……？）

彼の言葉を飲み込めず、茫然としているリーゼロッテの前で、熱を帯びたルカは熱心に言葉を続ける。

「命じてくだされば、俺は姫様のためになんでもします。夜通しあなたの体を舐めて、気持ちよくして差し上げるし、必要であれば姫様好みの男を用意いたします。ですからほかの人間には無理でも、俺にはどうぞ、お心を開いてください。望みを聞かせてください」

そこでルカは、一呼吸おいて熱っぽい眼差しで口を開く。

「俺は、姫様の役に立ちたいのです。誰よりも……あなたのために動く、一番の道具でありたい」

頭をがつん、と殴られたような衝撃に、リーゼロッテは完全に言葉を失った。

唯一無二の存在でありたいと言いながら、彼は自らを道具のように扱えと言う。

しかも男まで用意すると――。

それをおかしいと思う自分が、変なのだろうか。

リーゼロッテは唇を震わせ、今のは全部冗談だと、言ってくれないだろうかと思いながら彼を見つめる。

だがルカはとても真剣だった。深紅の瞳はキラキラと熱っぽく輝いていて、微塵も嘘を感じなかった。

どうやらルカの中で、そのふたつは矛盾しないらしい。

そこでようやく、リーゼロッテはすべてを理解した。

そして深く、絶望した。

「――もう、いいわ」

絞り出した声はかすれていた。

「え？」

ルカが不思議そうに軽く首をかしげる。

「ルカ。あなたに命じます。私がいいと言うまで話しかけないで。指一本触れないで。旅でのエスコートはアルヴィンに頼みます」

ぴしゃりと言い切った瞬間、ルカが驚いたように唇を震わせた。

「姫様……？」

まさかそんなことを言われるとは思っていなかった。そう顔に書いてある気がしたがもうどうでもよかった。

「ひとりになりたいわ。馬車を降りて。あなたは馬でどうぞ」

リーゼロッテはふいっと顔を逸らし、目を閉じる。

ルカの突き刺すような視線を感じたが、それがなんだ。

「できるだけ私を遠くから見守って。できるでしょう？　私の役に立ちたいというのなら、そうしてください。これが私の願いよ」

それがあなたの望みなら、そうしてやるわ。

リーゼロッテは、これまで感じたことのないような最悪の気分の中、低い声で言い放ったのだった。

こうして始まった聖女リーゼロッテの浄化の旅は、順調に五つ目の大都市まで終了した。

リーゼロッテはどこでもこっそりと浄化をし、それから誰の歓待を受けるでもなくまた次の瘴気へと旅立っている。気が付けば帝都を出てもうひと月が過ぎているが、これまでに浄化した大きな瘴気は十はくだらないだろう。

予定ではあとひとつ。もうすぐ浄化の旅が終わりを告げる。

「リーゼロッテ様、お体は大丈夫ですか？」

宿泊した宿屋の一室で、帝都から付いてきた侍女が、ローテーブルの上に紅茶のカップをのせる。

「ええ。私の体に特に負担があるわけではないの。あくまでも私は……そうね、力の中継器……歯車の中心とでもいうのかしら。私は自然の一部で、目印で、実際に瘴気を浄化しているのは精霊たちなのよ」

浄化も自然の営みのひとつ、という証左でもある。

アルヴィンが部屋のカーテンを閉めながらニコニコと振り返った。

「天候にも恵まれて、思った以上に順調な旅になっております。これもすべてリーゼロッテ様の御力のおかげです」

そうしてふと思いついたように、つかつかとリーゼロッテの元に歩み寄ってきた。

「このあたりで少し休息を取られてはいかがでしょうか。数日ゆっくりしてもよろしいかと」

アルヴィンはそう言って目を細めつつ、穏やかに微笑んだ。

確かに予定よりだいぶ早く浄化は進んでいる。馬車に乗っているだけでも疲れるので、休めると聞いて少しだけほっとする自分がいた。

リーゼロッテが自分から『疲れた』とか『休みたい』などと言えない気質を、くみ取ってくれたのだろう。

「でも、いいの？」

温かい紅茶を飲みながら首をかしげると、

「勿論です。陛下にもそのように進言いたします」

アルヴィンはしっかりとうなずいて、それから声を潜めて心配そうに問いかける。

「それで……その……もしよろしければ、陛下とのお時間を作ってはいただけませんでしょうか」

彼のこの発言に、休暇はふたりの関係改善のために提案されたということに、ようやく気が付いた。

「アルヴィン……。気を使わせてしまって、ごめんなさい」

表立って何かをしたわけではないし、ルカもなにも言わないだろうが、リーゼロッテの態度を見れば一目瞭然である。さすがに皇帝と元皇女のギスギスに巻き込んでしまったことは、申し訳ない。

リーゼロッテが小さく頭を下げると、彼はとんでもないと首を振り、少しおどけたように笑って、言葉を続けた。

「こうなったのは十中八九陛下のせいでしょう。あの方にチャンスをお与えいただければ、と思った次第です」

「そんなことを言ってもいいの？」

リーゼロッテがやんわりと微笑むと、彼は神妙な表情でうなずく。

「私の二十年の結婚生活を振り返ってみても、こういう場合は、たいてい男が取り返しのつかないなにかをやらかしたのだと相場は決まっております」

「まぁ……ふふっ」

冗談だとわかっているが、目の前の自分の味方になろうとしてくれる彼の気持ちが嬉しかった。

アルヴィンは相好（そうごう）を崩すリーゼロッテに、娘を見るように優しく目を細める。

「ではさっそく、休める場所を手配いたしましょう」

アルヴィンは軽やかにそう言うと、侍女とともに部屋を出て行った。

（数日、休むかぁ……）

リーゼロッテはクッションを腕に抱えてぼんやりと考え込む。

確かに帝都を出てから、移動と浄化の繰り返しで、まったく休んでいなかったし、いい加減ルカとも話し合いが必要な気がする。

だが『道具として扱え』と言い張る彼に、いったいなにをどう伝えればいいのだろう。

ひとり部屋に残されたリーゼロッテはぼんやりと天井を眺めていたのだが、

『りず』

「ひゃっ……！」

いきなり耳元で名前を呼ばれて、ソファーから転げ落ちそうになった。

肩越しに振り返ると、ソファーの背もたれに白黒ハチワレの夜の精霊フィンが立っている。

「びっくりした……フィンだったのね」

驚きのあまり心臓がドキドキと跳ねていた。もうっ、と言いながら彼を抱き寄せ、膝の上で柔らかな背中を撫でると、

『あのおとこはたしかにやっかいだが、うそはない』

フィンが大きなあくびをしながらこちらを見上げた。

『すべて、おまえのためだというのはほんとうだよ』

「……わかってるわよ。だから辛いんじゃない」

リーゼロッテははぁ、と深いため息をついた。

何度目かのため息を吐きかけられたフィンは、リーゼロッテの膝からぴょんと飛び降り

ると、前、後ろと順番に手足を伸ばし、それから窓の外の月を見上げた。

『ほんとうに、わかっているのか？』

「え？」

『おまえはあのおとこに、なにひとつじぶんのきもちをつたえていないのに』

『わかったつもりになっていないか？』

そうして彼は、また煙のようにふっと、消えてしまった。

何一つ自分の気持ちを伝えていないのに――。

確かに、フィンの言うとおりだ。

リーゼロッテは精霊の加護で生き延び、フィドラーの森で静かに暮らしていたが、正直いつ死んだって構わないと思っていた。

それでもルカの声をもう一度聞きたいという思いだけは、ずっと消えなかった。

(浄化は自分にできる仕事だからという気持ちに嘘はないけれど……私が帝都にやってきたのは、もう一度ルカに会いたかったからだわ……)

彼に疎まれているとわかっていても、会いたかった。

彼の声を聞きたかった。

そう、リーゼロッテは自分の初恋のために、また石を投げられる覚悟で帝都に戻ってきたのだ。

（混乱させるくらいなら、気持ちは黙っていたほうがいいと思っていたけれど……）

だが振り返ってみると、さんざん困らせられたのは、リーゼロッテのほうである。

どう考えても釣り合っていないのではないか。

「いいわ……こうなったら死ぬほど困らせてやるんだから……」

リーゼロッテは子供のように唇を尖らせ、膝の上でぐっとこぶしを握ったのだった。

五章　「ルカ・クラウスという男」

何も感じなかった。

あの日まで、己は人形に過ぎなかった。

死の淵に立たされて初めて、俺は生きる意味を見出したのだ。


ルカ・クラウスが精霊の加護を受けたのは、主人であるリーゼロッテの十六回目の誕生日という記念すべき日だった。

「ルカ、見て！　なんて素敵なケーキなの！　まるでお花が咲いているみたいよ！」

宮殿の端にある小さな離宮で、ケーキの箱を覗き込んだリーゼロッテが、緑の瞳をキラキラと輝かせながら、背後のルカを振り返る。

「ええ、そうですね」

ルカがうなずくと、リーゼロッテはハッとしたように我に返り、真珠のように滑らかで白い肌を真っ赤に染めてうつむいた。

「やだ……。私ったら子供のようにはしゃいでしまったわ」

「姫様のお誕生日です。今日はしゃがないで、いつはしゃぐのですか？」

いたずらっぽく問いかけると、彼女はおずおずと顔を上げ、少し恥ずかしそうにうなずいた。

「ありがとう、ルカ」

にじむような薄桃色の頬には、ほんのりと金色の産毛がはえている。まるでもぎたての水蜜桃（すいみつとう）のような美しさだ。

彼女の珍しいストロベリーブロンドは、母方の遺伝らしい。それは見事にふわふわと波打っていて、歩くたびにさざ波のように揺れて広がる。なんとも幻想的な美しさがあった。

(母君も、お美しかったのだろうな)

もともとは宮殿で働く下働きの娘のひとりだったらしいが、その美貌が目を引いたのか、気まぐれで皇帝のお手が付きなんと妊娠してしまった。

バルテルスでは、正式な皇妃以外は妻として認められない。なので『お手付き』は出産した段階で母子ともども適当な貴族に下げ渡すのが帝国流なのだが、生まれた赤子の母親譲りの美しさに、皇帝がほんの少し興味を持った。

当時の皇帝は息子ばかりで、娘はひとりもいなかったのだ。

皇帝は生まれた娘の祖父に適当な田舎の爵位を与え貴族にし、母子を離宮にとどめ置いた。だが寵愛は長く続かず、それから間もなくして皇妃が娘を産んだことで、彼は母子から完全に興味を失ったのである。

もともと産後の肥立ちが悪かった母親は、リーゼロッテが物心つく前に亡くなり、娘はひとり残されてしまった。

祖父のフィドラー伯は何度も『娘の忘れ形見である孫娘を引き取りたい』『爵位も返上する』と申し出たようだが、皇帝は許さなかった。

関心がなくなったとしても、他人に奪われるのは癪に障るらしい。人間としての器が小さい、皇帝らしい考えだ。

そうしてリーゼロッテは、わずかながらに与えられた資産で、広大な宮殿の端にある一番小さな離宮で暮らしていたのだった。

(哀れな姫君だな……)

リーゼロッテはそんなルカの薄暗い内心にも気づかないまま、部屋の真ん中に置かれているプレゼントの包みを手に取る。

「これはね、フィドラーのおじい様が贈ってくださったご本よ。植物図鑑なのだけれど、外国語で書かれているの。一緒に辞書も送られてきたから、これで勉強しなさいって手紙に書いてあるわ」

「さすがフィドラー伯ですね。素敵な贈り物だ」

「図鑑を片手に庭を散歩しても楽しそうね」

リーゼロッテはふふっと笑って、大事そうに辞書と図鑑を腕に抱くと、改めてケーキを覗き込んだ。

「それにしても本当にきれいねぇ。食べるのがもったいないくらい。いったいどなたが贈ってくださったのかしら」

色とりどりの薔薇の形の砂糖菓子がのったケーキは、つい先ほど届けられたものだ。送り主の名前はなく、カードに『美しいリーゼロッテ　お誕生日おめでとう』と書かれている。

「陛下か、ご兄妹のどなたかではないですか？」

「そうかしら……」

ルカの発言に、リーゼロッテはそわそわしたように首をかしげた。

(陛下もご兄妹の皆様方も、リーゼロッテ様に贈り物などしてくれたことはないが……離宮までケーキが運ばれてきたのだから、やはり宮殿内のどなたか、だろうな)

そもそもケーキ自体が高級品だ。とても庶民が手を出せるような品ではない。

――もしかしたら彼女に懸想している男かもしれない。

そう思うと、胸の奥が妙にざわついた。

彼女は存在自体がみそっかす扱いで、宮殿から出たことすらないのだが、それでも数か月に一度行われる、皇族主催の舞踏会などには顔を出すこともある。

つい先日も祖父から贈られたドレスを身にまとい晩餐会に出席したのだが、末席に座るリーゼロッテはその清楚な美しさから、本人の気づかないところで『あの美しい姫は誰だ?』と、男たちの視線を集めていたのだった。

「お礼を言いたいのに残念ね」

リーゼロッテはふう、とため息をつくと、背後に立つルカを振り返り、はにかむようににっこりと笑う。

そのあどけない微笑みに、ルカの胸は、一瞬だけ少年のように弾んでしまう。

リーゼロッテは、ここ一年で目を見張るほど成長した。初めて会った時の彼女は、やせっぽちの木の根のような女の子だったが、この一年で女性らしく変化し、しっとりと内側から輝くような美貌を持ち始めている。

これから彼女はもっと、もっと……蕾が花開くように美しくなるだろう。

成長した彼女のそばには、いったいどんな男が立つのだろうか。今のところ使い道がないせいで婚約者すらいないが、さすがに来年あたり結婚させられるかもしれない。

花嫁衣裳に身を包んだリーゼロッテを思うと、首の後ろがちりちりとけば立つような不思議な感覚になる。イライラして、なぜか無性に腹が立つ。

（なぜ俺が苛立つ？　彼女がどうなろうと、俺には関係ないというのに）

彼女の騎士になったのは昨年のこと。リーゼロッテが十五で、ルカが二十一の時だった。

みそっかす扱いされている姫にわざわざ望んで仕える貴族など、多くはない。なんのうまみもないからだ。

だがルカが選んだのは皇女リーゼロッテである。

何代か前の皇帝の愛人が暮らしていた、小さな離宮に息をひそめるように暮らしている『外れ姫』。

彼女の存在を認識していない者のほうが多かったし、商家の娘のほうがよほど裕福に暮らせている。

一緒に訓練を重ねた騎士たちは、

『リーゼロッテ様に仕えるって、お前本気で言ってるのか？』

『なんの後ろ盾もないお姫様だぜ』

『特別にお美しい方ではあるがな。とはいえさすがに皇女を愛人にできるはずもなし、目の保養以外の意味はないだろ』

『ほんとお前って、出世欲がないよな。なにが楽しくて生きてるんだ？』

と言いたい放題だったが、ルカだって意味もなく彼女に仕えると決めたわけではない。

目立たないリーゼロッテは、ルカの活動の『隠れ蓑』にちょうどよかったのだ。

（木を隠すなら森の中。いるかいないかわからない皇女なら……誰もこちらに注目などしない）

そう、ルカ・クラウスは、とある任務の遂行のために、彼女を選んだのだ。

ルカの父は筋金入りの『反貴族主義』の構成員のひとりで長の立場にあった。

彼は士官学校を卒業するルカに、厳かに命令した。

『宮廷内の権力の流れを監視しろ。金、人、すべてだ。できるな？』

『はい、父上』

ルカが定期的に実家に帰り、帝国貴族の醜聞（しゅうぶん）や、怪しい金の流れを追及し報告する時だけ、父は満面の笑みを見せる。

『よくやったぞ、ルカ。これからもせいぜい役に立てよ。父の役に立ってこその、息子なのだからな』

彼は権力争いに負けた父のせいで思うような爵位を与えられなかったと、貴族社会に対して恨みつらみを抱えていた。

本当の自分はこうじゃない。自分はもっと与えられる側の立場のはずだと、信じている男だった。現実が思い通りにならない鬱憤から、反貴族の立場を取るようになり、ひとり息子のルカにも当たり前のように思想を押し付けた。

『貴族というだけで特権を得るなど許されない』

『優秀な人間こそ、その才能で選ばれるべきだ』

そうして、物心ついた時から、ことあるごとにルカに教育と称して鞭を打った。

大人でも読みこなせない外国の本を、うまく音読できなかったと鞭で打ち、ちょっとした不注意で馬から落ちた息子を心配するでもなく、蹴り飛ばし、また繰り返し鞭で打つ。

それだけではない。真冬に冷たい水を浴びせて外に放置するなどは日常茶飯事で、ルカの体にはいまだに多くの折檻の跡が残っていた。

ちなみに帝国貴族出身の母は、せいぜい『お父様を怒らせないで』とたしなめるだけで、ひとり息子のルカが虐待される様子を、『野蛮なこと』と、心底疎ましそうに見つめているだけだった。

そんな血なまぐさい現実から目を逸らすためなのか、彼女は若い役者にのめりこみ、大金をつぎ込んで借金で首が回らない生活を送っていた。

『お前がいるから、私は離婚してあの人と一緒になれないのよ！　お前なんか生まれてこなければよかったのに！』

顔を合わせるたびにそう罵る、息子を人生のお荷物と感じている、そんな女だった。

ルカは母に抱きしめられたことはおろか、頭を撫でてもらった記憶もない。

幼い頃は傷ついていたが、今はもう何も思わない。母親が子に愛情を持つなど絵空事なのだろう。

自分がそう育てられたように、子を育てているだけなのだから、と諦めた。

そんな両親に反発を覚えたことがなかったわけではないが、ルカにとって『世界』とは父だけだった。

母は自分の存在を許さず、父以外に自分に関心を持っている人間などいない。ほかに生きる意味を与えてくれる人間はいなかった。だから、父から『皇室の金の流れと人間関係を調べろ』と言われて『はい』とうなずき、ルカはここにいるのである。

ちなみに成績優秀なルカは、皇太子の側近として近衛騎士への道もあったが、大反対されてしまった。

後宮の人間関係や金の動きを見張るなら、それ以上の場所はないはずなのに、

『皇太子から禄を貰うなんて、とんでもない！』

『恥を知れ！』

と、激高した父に鞭で殴られた。

一方的に暴行を受けながらも、ルカにはわかっていた。父は優秀な息子に、自力で出世してほしくないのだ。

祖父の遺産でどうにか食べている矛盾から目を逸らし、貴族でありながら自由主義に傾倒している父は、自分の不幸は時代のせいだと決めつけていたから、なにも持たないはず

のルカが世間に認められることが許せなかったのだろう。

それでもルカは受け入れた。

父だけが、自分にどう生きるべきか、なにが正しいのか、教えてくれるから。

（人間など、どれも同じ。父も、そして美しいリーゼロッテ様も、俺と同じ。ただの肉に過ぎない）

自らの意思なのか、父の意思なのか、境界線は曖昧だが己の意思など問題ではない。

人に生きる意味などないし、人はみな赤い血が詰まっているだけの袋だ。

わかっているが、だからこそ自分の人生に意味を持たせたいと思うのは、人間の本能なのではないだろうか。

たとえそれが破滅への道だとわかっていても、役目を貰えれば人は生きていける。

お前が必要なのだと、役目をくれて褒めてくれる人間がいたら、生きていける。

無関心こそが『死』なのだ。

（死にたくない。このままなにも得られないまま、死にたくない……）

ルカは死への恐怖が人一倍強い子供だった。

大人になった今でもそれは変わらず、何者にもなれないまま世界から消えてしまうのが恐ろしくてたまらなかった。

認められなければ、自分はいったい何のために生まれてきたのか。

今、ルカに生きる意味を与えてくれるのは、父だけだ。

だから絶対に、父の信頼を失うわけにはいかないのである。

「――姫様。ケーキを切ってきましょうか」

ルカはことさら明るい声で、リーゼロッテに尋ねる。

もしかしたら宮廷の勢力図に変化が訪れているのかもしれない。このケーキが誰から贈られた物なのか、調べる必要がありそうだ。

そんなことを考えつつ、いつまでもかわいらしいケーキを眺めているリーゼロッテに丁寧に声をかけると、彼女は少し残念そうに眉を下げる。

「そうね……あっ、せっかくだからみんなで食べましょう。全員分に切り分けてくれる？」

「よろしいのですか？」

「ええ、勿論よ。こんなにきれいなケーキだもの。みんなでいただきましょう」

心優しいリーゼロッテは、自分のものでも当たり前のように人に分け与えてしまう。

（……姫様は、このままでいい。誰からも愛されない、姫様。俺と同じ、かわいそうな人のままでいてほしい）

ちなみに善良な主人に仕える家令や侍女たちは、いつも『陛下もリーゼロッテ様をもう少し気にかけてくだされればいいのに』とため息をついているが、ルカとしてはこのまま、リーゼロッテには日陰の人間でいてほしいと心底願っている。

孤独なのは自分だけではないと、思いたいのかもしれない。

あくまでもルカの肌感覚に過ぎないが、八百年の歴史を持つバルテルス帝国は、もうすぐ終わる。

父やその仲間たちがなにかを起こすまでもなく、帝国の長く続いた貴族社会はすっかり倦んでいて、民の生活など振り返ることもなく破滅への道を突き進んでいる。

未来が見えない政策、私腹を肥やし続ける権力者たち。自分たちの目の前の食べきれないほどの御馳走が、ドレスが、宮殿が、誰の手から生まれ整えられているのか考えられない。

人が一番の財産だと、貴族たちは永遠に気づかないし気づこうともしない。

自分たちが終わりの始まりという、薄氷に立っていることすら想像しないのだ。

いや、本当はわかっているが、考えたくないのかもしれない。

父の教えを盲信しているわけではないが、結果的にはやはり貴族など、一刻も早く滅びた方が世界のためになるに違いない。

（とはいえ、そんな父に認められたくて、外れ姫の側仕えをしている俺も、俺だが）

早くこんな国など滅んでしまえばいいと思うと同時に、リーゼロッテに寂しい思いをさせたくないという気持ちが沸き起こってくる。

おそらく自分は、彼女に同情し、見下してもいるのだ。

小さくてかわいくて可憐な姫君は、ルカにとってそういう存在だ。

宮廷の中心から一番遠い皇女リーゼロッテとともに、滅びゆく皇室を見つめている。

「姫様の分は、うんと大きく切り分けましょうね」

ルカが微笑みながらそう言うと、彼女は頬を薔薇色に染めながら、ぶんぶんと首を振った。

「ううん、だめよ、小さくして。明日も食べたいし……あっ、でもあなたたちは、たくさん食べてね！」

そう言ってリーゼロッテは、

「せっかくだからテーブルに飾るお花を摘んでくるわ」

と言って、剪定鋏（せんていばさみ）を手にし、あっという間に部屋を飛び出して行ってしまった。

（帝国が滅び、姫様が死ぬ時は……あまりひどい目には遭いませんように）

ルカは他人事のようにそんなことを考えながら、ケーキが入っていた箱を受け取り、厨房に向かう。

そしてルカは、リーゼロッテの好意で分け与えられたケーキを食べ、血を吐いたのだった。

「ルカ……!!」

床に昏倒したルカを見てリーゼロッテが悲鳴を上げ、フラフラしながらもルカを抱き上げる。

　この時、ルカは自分になにが起こったのか理解できないまま、茫然とリーゼロッテを見上げていた。

　いつものように、毒見を兼ねてケーキを一口、二口食べたところで、喉の奥に異変を感じた。視界が急に真っ暗になって、喉が締め付けられ、息ができなくなった。

　この痛みが毒だと理解したその瞬間、口から大量の血を吐き出して、椅子から転げ落ちていたのだ。

「ルカ、どうしたの……!?」

「ひっ、ひ、ひ……め、さまっ……けーき、どくっ……ゲッ、がほっ……」

「毒……？」

　リーゼロッテが真っ青になって、まだ手をつけていないケーキとルカを見比べる。

「はな、れてっ……」

　ルカの脳裏に『おじい様にドレスをいただいたの！』と大喜びしていた彼女の姿がよぎる。

　せっかくのきれいなドレスが、自分の血で汚れてしまうのがかわいそうだった。

　だって彼女は、ほかの皇女たちと違って、ドレスなど数えるほどしか持っていないのだから。来月行われる晩餐会に着ていくドレスがなくなってしまう。

「あっちにっ……」

ルカはぶるぶると震える手でリーゼロッテの体を押し返す。

「る、かっ……」

ルカの血を浴びたリーゼロッテは一瞬たじろいだが、それでもルカを放さなかった。

「しゃべっちゃダメ！　誰か、早くお医者様を呼んで！　すぐよ、今すぐに！　あぁ、しっかりして、ルカ……！」

普段はおっとりしているリーゼロッテが、おろおろする侍女に泣きながら叫び、ドレスが汚れるのも厭わずにルカを抱きしめる。

「大丈夫よ、ルカ！　大丈夫だからね！　私がそばにいるからね！　ほら、私を見て！　ね、大丈夫よ！」

いつも見ているだけだった彼女の華奢な体に抱きしめられて、ルカは目が覚めるような思いがした。

大丈夫と言いながら叫ぶ彼女に、大丈夫なはずがないだろうと思う。

だが朦朧とする意識の中、ルカの視界に映るのは、彼女の緑の瞳からこぼれる、美しい涙だけで。

ぽたぽたと己の頬に落ちる涙の感触に、ルカは仰天した。

それこそ、世界が一変するような、衝撃だった。

（姫様……リーゼロッテ様……もしかして、俺のために、泣いておられるのですか……？）

父はルカに鞭しか与えないし、母は『お前なんか生まれなければよかったのに』としか言わない。

少年の頃から、火遊びの相手としてルカに言い寄る人間は多かったが、何人か相手にしてみてわかった。彼らは誰かを愛している自分、美しい恋人を持つ自分を愛しているだけなのだ。

なのに今日、華奢なリーゼロッテにしっかりと体を抱きしめられ、体温を感じて、これはなにかが違うと気が付いた。

（リーゼロッテ様は、他人のために涙を流す……家族でもない俺を、抱きしめる……なぜだ？）

ルカは茫然としながら、彼女を見上げる。

ずっと『見えない存在』のように扱われて、誰にも尊重されていないはずなのに、彼女はなぜか他人を尊重できるらしい。

優しさとは強者の施しだと信じていたルカには、信じられない出来事だった。

人は皆、ただの肉でしかないはずなのに。この美しい姫君も、そうだったはずなのに。

もしかしたら彼女は、違うというのだろうか。

ルカはこれまでの人生観が、ひっくり返りそうなくらいの衝撃を受けていた。

「ひめ、さ、ま……」

ルカはぜえぜえと呼吸を乱しながら、手を伸ばしおそるおそるリーゼロッテの頬に触れる。

こんなふうに彼女に触れるのは初めてだったが、自分が夢や幻を見ているのではないと、思いたかったのかもしれない。

いや、むしろ『夢』だと思いたかったのだろうか。

だが彼女はハッとしたようにルカの手を握りしめて、ためらうことなく水蜜桃のような頬に押し付け、泣きながら唇を震わせた。

「ごっ……ごめんね、私が、ケーキを一緒に食べようなんて言ったからっ……ごめんなさいっ……あぁ、ルカ……殺したいほど嫌われていたのは、私だったのにっ……あなたをこんな目に合わせてしまうなんて……！　私が先に食べれば、よかったのに……！」

リーゼロッテはくしゃくしゃの泣き顔でしゃくりあげながら、何度も「ごめんなさい」と頭を下げた。

形骸化しているとはいえ、主の命を身をもって護るのが護衛騎士の役目だ。

だから彼女は別に泣いて詫びる必要などみじんもないのに、自分が先に食べればよかったと泣いているのである。

そんなことをしたら、死んでしまうのに。

彼女は死が怖くないのだろうか。

そう考えた次の瞬間、ルカはようやく理解した。

彼女は自分に向けられた悪意よりも、他人の痛みを優先する女性なのだ。

誰かが辛そうだと、まるで自分が傷つけられているかのように、いや、それ以上に心を痛めてしまう。

朦朧とする意識の中で、ひぃひぃと子供のように泣きじゃくるリーゼロッテを見つめながら、ルカの胸の奥の心臓は、毒よりももっと強い刺激で、跳ねまわっていた。

痺れる全身の痛みも、脳が焼ききれそうな激痛も、大した問題ではない。

今、ルカを支配しているのは、とてつもない喜びだった。

嬉しい。

死にかけている自分を気遣ってくれる、この人の優しさが。

自分だけを見つめてくれている、この瞳が、愛おしい。

この人に、もっと大事に思われたい。

「ひ、め、さま……っ」

こぷこぷと唇の端から血を吐きながら、ルカは微笑む。

人のぬくもりも、愛がなにかも知らないルカが、突然与えられた天の啓示に等しい、気づきだった。

かわいそうな存在だと見下していたはずのリーゼロッテは、本当は誰よりも強かった。愛されていなくても、尊重されていなくても、不平不満を持たず、周囲を気遣う強い心の持ち主だった。

そんな彼女の唯一になれたら、どれだけ幸せだろう。

この人の、持ち物になりたい。

彼女の宝石箱の、ささやかな指輪やイヤリングのように。

時折取り出されて、愛でられて、大事にされたらどれだけ幸せか。

泣いている彼女をなんとかしたくて微笑むと、リーゼロッテは余計泣いてしまった。

「なか、ない、で……っ……」

「やだ……ルカ、いやよ、死なないでっ……」

リーゼロッテの言葉に、ルカは小さくうなずきはしたが、正直死ぬのはわかっていた。

喉が、内臓が焼けている。

もう呼吸すらままならないこの体は、じきに動かなくなるだろう。

(ああ、いやだな。これで俺は死んでしまうのか……)

遠くなる意識の中、ルカは強く願う。

死にたくない。寿命が尽きかけていることが心底悔しくて仕方ない。

リーゼロッテのそばにいたい。

優しいこの人に、大事にされたい。

人でなくてもいい。犬でも猫でも、愛玩動物と同じでもいい。ただ存在を認められ、愛されてみたい。

今まで自分はなにもない人間だと思っていたが、彼女さえ手に入ればきっと、なにかが変わる予感がした。

(姫様の、たったひとつの存在になりたい)

そのためだったら、自分はなんでもするだろう。

そうだ。悪魔に魂を売ってもいい。

生きている間、彼女に抱きしめてもらえるのなら、そのためにならなんだってする。

生きたい。死にたくない。

死にたくない——!

割れるような痛みとともに、頭の中で、父親に黙って殴られていた自分が、狂ったように叫んでいる。

(あんな男は、もういらない)

家も家族も、彼女に出会うためのきっかけに過ぎなかったのだ。

これまで人生の指針だった父は、ルカの心から砕けて消えていた。

「……ルカッ!」

リーゼロッテの悲鳴が遠くから聞こえる。

ルカはまたうっすらと笑って、目を閉じる。

瞼の裏には、星のように輝くリーゼロッテが存在していた。

(美しい、星よ)

ただ見上げるだけだと思っていた天上の星をこの手につかめるのなら、なんだってする。

二十年以上生きてきて初めて感じた、執着だった。

その激しい心が、情念が、帝都では失われつつあった、気まぐれな精霊の興味を引いたのかもしれない。

そうしてルカは死を乗り越え、何の因果か――太陽が出ている間は、決して体が傷つかないという、人間離れした精霊の加護を得る。

その加護は、父ではなくその息子が反体制の盟主として担ぎ上げられるきっかけとなるのだが、そんなことはルカにとって些細なことだった。

（姫様を護るためには、今の皇室はいらない。むしろ害悪でしかない）

　こうして、その心に秘める炎を宿した男は、新しい人生の一歩を踏み出したのだ。


　それからルカは、外れ姫リーゼロッテの護衛騎士という立場にありながら、陰で精力的に働いた。

　その思想、教育、政治、さまざまな分野のみならず、貴族階級以外の諸階級にまで『現在の皇室』がもたらす絶対貴族主義を否定してまわった。

　帝国の人口のたった2パーセントにすぎない特権階級が、帝国民たちの税制で収入を得ており、帝国の財政が火の車であること——他国の独立に口を挟み、莫大な支援を続け、その累積赤字が天文学的数字に膨れ上がっていること、等々。

　不満ばかりで行動はなにひとつ起こさなかった父親よりも、若く美しい、しかも精霊の加護を持つ息子のほうがよっぽど我らの旗頭（はたがしら）になれると、あっという間にルカのもとに多くの支援が集まった。

　当然のことだが、息子に唯一の居場所を奪われた父は、発狂し、酒に溺れていく。その結果、体を壊しベッドから出られなくなった。

　そしてルカに対して、毎回呪詛（じゅそ）じみた言葉を吐き続けた。

『ルカ……親不孝者め……やはりお前は、欠陥人間だ……』

『心などない、人の形をした道具だ！』

『世の中を正したつもりか……？　せいぜい、人間ぶるがいい……！』

それから間もなくして、血を吐いて死んだ。

そしてほぼ同時期に母もおかしくなった。愛し合っているはずの舞台俳優が裕福な商家の娘と結婚したと知り、俳優を刺したあげく心を壊したのである。

ルカは彼女を入院させて最後の時まで面倒を見たが、彼女はルカに対して、

『お前なんか産まなきゃよかった……』

『お前は絶対に父親になってはだめ！』

『愛を知らないお前の血を引く子供なんて、不幸になるに決まっているんだから……！』

と呪いを振りまいた。

そうして死の間際に俳優の名を叫び、父同様ルカを恨みながら命の火を消した。

ルカは両親の死に偶然立ち会っていたが、心は何一つ動かなかった。

(父上も母上も、間違ってはいないのだろう。俺は欠陥があるし、まともな人間のふりをしているだけだし、俺が父親になるなんて、とんでもない。不幸をまき散らすだけなんだろう)

だがそれでもルカは、リーゼロッテのために生きると決めたのだ。

自分のことなどどうでもいい。

リーゼロッテが笑ってくれるなら、それでよかったのだ。

そうしてルカは、あちこちで精力的に活動をすすめた。

すべてはリーゼロッテを幸せにし、彼女のそばに永遠に置いてもらうためだった。

そして一年後――事件が起こる。

帝国民に絶大な人気があった政治活動家が国家反逆罪で投獄されたことをきっかけに、暴徒が監獄を襲い、帝都は大変な混乱に陥ったのだ。それだけではない、外から押し寄せてきた農民たちが役場を襲い、上がり続ける税金の撤廃を要求し都に火を放った。

『俺たちの不幸は、すべて皇帝のせいだ！』

『子供を売らなければならなかったのも皇帝のせいだ』

『あの一族が俺たちを食い物にしている！』

流言はあっという間に広まって――最初の誰かが、勢いで口にした。

『皇女リーゼロッテが、すべての元凶らしいぞ』

『彼女はバルテルスの花と呼ばれる美貌の持ち主で、宮殿の奥深くで多くの男を飼っているらしい』

『毎日牛乳の風呂に入って、全部捨ててるんだ』

『子供にやるミルクもないのに！』

『妹の婚約者どころか、兄や弟とも寝ているんだとか』

『とんでもない悪女だ！』

国民の前に姿を現さない美しい皇女が、すべての不幸の原因だと皆が考えるのに時間はかからなかった。

リーゼロッテが顔を見せないのは、誉（ほま）れ高きバルテルスの一族として認められていなかっただけなのに。

酒場での与太話に火がつくのは一瞬だった。

夜が明ける前、怒りに火がついた暴徒たちは数千人に膨れ上がっており、そのままの勢いで門が破られ、リーゼロッテの離宮が襲われた。

悪女がこんな小さな離宮に住んでいるのはおかしいのでは？　と思う人間はこの場にはいなかった。ほかの兄妹たちは金目の物を持ってあっという間に逃げ去っていて、誰もリーゼロッテを助けなかった。

その頃、ルカは『士官学校時代の友人の結婚式に招待されていて』と適当な嘘をつき、反貴族連盟の長として地方の反乱の不満を抑えるために、帝都を離れていた。

宮殿が襲われたと聞いたルカは不眠不休で早馬を飛ばし、帝都に戻った。

だが到着した時にはすでに、リーゼロッテの小さな離宮は破壊の限りを尽くされていて、窓にかかっていたカーテンどころか、床板まではがされていた。

「……姫様？」

ルカは茫然としながら部屋の中をうろうろと歩き回り、もしかしてリーゼロッテが隠れていないかと、空っぽのクローゼットを何度も確認したほどだった。

それからルカは必死にリーゼロッテの行方を捜したが、当時の帝都はひどい混乱状況にあり、外れ姫がどこに行ったのか、どこに連れていかれたのか、ようとして知れなかった。

『どんな手を使ってもいい、リーゼロッテ様の行方を捜し出せ！』

一万の兵士に命令し、自らも宮殿を抜け出してあちこちを捜し回った。

正直ルカは気が狂いかけていた。

なんとか正気を保っていたのは、リーゼロッテに再会するためだ。

彼女だけが自分に生きる意味をくれる。彼女を失っては生きている意味がない。

周囲はルカを皇帝にしようと必死だったが、そんなことはどうでもよかった。

満足に睡眠もとらず、日々やつれていく彼が生きていられたのは、おそらく精霊の加護があったからだろう。

そうして数か月経ち、少しずつ帝都が落ち着きを取り戻し始めた頃――。

ようやくリーゼロッテが平民用の地下牢に収容されたらしいという情報がもたらされた。

すぐに監獄に向かうと叫んだルカに、文官はおそるおそる資料を差し出した。

そこには『ストロベリーブロンドの少女　頭部に投石による裂傷あり。獄中で死亡』とだけ書かれていた。

死体はきちんと埋葬すらしてもらえず、見つけることは困難ということだった。

自分に命を吹き込んでくれた少女が死んだ。

その瞬間、ルカの中の何かがぷつんと切れた。

ルカはこの時、二度めの死を迎えたのだろう。その後のことは、あまりよく覚えていない。

＊＊＊＊＊

「――か、陛下……？」

「ん」

アルヴィンの呼びかけに、頬杖をついていたルカはふと我に返り顔を上げた。

こちらを心配そうに見つめる青い瞳に自分がどこにいるかを思い出す。

ここはかつてリーゼロッテが暮らしていた離宮ではない。そして幸せだったあの頃でもない。帝都から離れた都市で浄化の旅の途中だ。

彼女のことを考えているうちに、つらつらと昔のことを思い出していたらしい。

(姫様とは、もうずいぶん話をしていない)

彼女から『ひとりにして。遠くから見守って』と命令されてから、結構な日が経っている。

なんでも命じてほしいと願ったのはルカなので、言われた通りにしているが、ここまで長引くとは考えていなかった。

正直なところ、すぐにまたそばに置いてくれると思っていたのだ。

なにしろ彼女は心優しい女性なので、人を無視したりだとかそういうことには向いていないし、自分がそこまで彼女の怒りを買う理由がわからなかったので、その内落ち着くだろうとたかをくくっていた。

だがリーゼロッテはこのひと月、本当にルカに話しかけてくれないし、エスコートも許してくれない。

旅先で他の騎士や侍女たちの輪に入って談笑することがあっても、彼女は決してルカを見てくれなかった。

(――なぜだ)

ルカには彼女の怒りが理解できない。理由を問い詰めたいが、それは命令に反することなので一歩が踏み出せない。

命令せよと言ったのはルカで、彼女はそれを守った。

ルカが己が欲しかったのは生きる意味だ。役目だ。遠くから見守ってと言われれば、それを受け入れるべきなのに、心にはぽっかりと穴が開いたような空虚さを感じている。

もしかしたら自分は役目ではなく、もっと違うなにかが、欲しかったのだろうか。

だが自分がなにを欲しいかなんて、いくら考えてもわからない。

「――最後の浄化の地はロッカの予定でございます。以上でなにかご不明な点でもありますでしょうか」

アルヴィンが指し示すテーブルの上には帝国の地図が置いてあり、これまでリーゼロッテが浄化してきた場所に印がつけられている。

「ロッカか……」

ルカは顎のあたりを指で撫でながら、眉間にしわを寄せる。

ロッカは帝国有数の商業都市で、商人の町でもある。長らく支配層である領主と商会の間で税金に関して問題が起こり、十年前は死傷者も出るほどの争いがあったいわくつきの地だ。

「リーゼロッテ様がお忍びで浄化をして回っていることは、すでにかなりの地域で広まっているな？」

「はい。大げさに騒がぬよう各地の領主にも伝えておりますが、やはり人の口に戸は立てられないようで」

「ロッカの領主はジルだ。あいつの屋敷に滞在することにしよう」

ジルことジルベール・ミラン・ロッカはルカの士官学校時代の友人だ。少々軽薄なきらいはあるが、信用できる男ではある。

「名案ですね。手配いたしましょう」

アルヴィンもうなずいた。

こうして旅の打ち合わせは終わったのだが――。

（いや、待てよ。ほかにロッカについて、なにか覚えておくべきことがあったような気がするが……）

おそらくリーゼロッテに関係することだったはずだが、思い出せない。

さて、なんだったかとこめかみのあたりを指で押さえながら考え込んでいると、

「では、各自持ち場に戻るように」

とアルヴィンは重々しく解散を宣言する。その言葉をきっかけに、アルヴィン以外の護衛騎士たちが応接室を出ていった。

「おそれながら陛下、少々よろしいでしょうか」

アルヴィンは地図を片付けながら、ゆっくりと口を開く。

なんとなくだが、嫌な予感がする。だが嫌だというのも子供のようなので、仕方なくうなずいた。

「ではお尋ねします。いつまでこの状態を続けるおつもりなんでしょうか」

リーゼロッテがルカから距離をとっていることを指しているのだろう。

「——姫様が、望まれる限りだ」

答えるのに、一瞬だけ間が空いてしまったのはらしくなかった。

案の定アルヴィンは「はぁ……」と深いため息をついて、腰に手をあてる。

「今から私は、あなたの元担任教師として発言しますよ」

「む……」

お説教の気配に、ルカは思わず口をへの字に結ぶ。

そう、アルヴィンは聖騎士のかたわら今でも士官学校の教師を務めており、学生だったルカをよく知っている男なのである。

かれこれ付き合いは二十年近くになるので、彼の人となりは知っているし、信用もしている。だからこそリーゼロッテのそばに置く騎士として選んだのだが。

(教師として、発言か……)

正直嫌な予感しかないが、なんとなくこうなるような気がしていたルカは「——許そう」と、しぶしぶうなずいた。

その瞬間、彼は勢いよく椅子を引き腰を下ろし、ずいっとおっかない顔でルカに顔を寄せる。

「なぜ、こうなった」

「……」

「こら、プイッとするな。私に話したくないなら、話さなくてもいい。だがお前だってこれでいいとは思っていないんじゃないか？」

「それは……」

アルヴィンの言葉に、ルカは言いよどんだ。

今でも自分は間違ったことをしているとは思わない。ルカはただリーゼロッテの役に立ちたかっただけである。

だから命令せよ、俺を道具のように使えと伝えたのだ。気分を害される意味がわからない。

「俺は、あの方に『役に立つ』と思われたい。だから姫様のために、なんでもするとお伝えしたんだ。そうしたら彼女は、俺にこうしろ、と命じた。話しかけず、近づかず、遠くから見守れと……。だからこの状況は、姫様のお望み通りで……俺は彼女の命令を果たしている、忠実なしもべのはずだ」

そう、すべてはリーゼロッテの命令なのだ。

だが馬車から降りろと言われた日のことを思い出すだけで、ルカの胸は切なく締め付けられる。

『もう、いいわ』

彼女がそう言った時のどこか寂し気な笑顔を思い出すと、なぜか自分が間違っているような気がして、落ち着かない。

「――なるほど」

アルヴィンは問題児ばかりの士官学校の教師をしていたくらいおそろしく気が利く男なので、ルカの返事を聞いてだいたいのことを理解したようだ。

テーブルを指でトントン、と叩きながら呆れたようにもう一方の手で頬杖をついた。

「若い男女にありがちな痴話喧嘩だな。売り言葉に買い言葉で余計こじれてしまったわけだ。聖女様は信じられないくらいお人がいいと思っていたが、きちんと怒れる人でちょっと安心したよ」

「は？」

アルヴィンの発言に、ルカの形のいい眉が一瞬にして吊り上がった。

なぜリーゼロッテの命令を、些細な問題のように扱うのだ。

「いくら恩師と言えども、あの方を侮辱することは許さないぞアルヴィン」

ルカがうなるように声を絞り出したところで、彼はさらに呆れたように眉を吊り上げた。

「いいや、リーゼロッテ様を見ていないのはお前のほうだ」

その瞬間、ルカの全身が、ぶわっと総毛立つ。

「アルヴィン！　誰よりも彼女のことを考えているのは、俺だ!!」

めったに感情を揺らさないルカの怒りに、普通の臣下なら、その瞬間その場に平伏して許しを請うはずだが、アルヴィンは眉一つ動かさなかった。

逆に呆れたと言わんばかりに肩をすくめる。

「冗談だろ？　精霊の加護をお持ちの聖女であることを切り離せば、あの方は心優しい、普通の女性だ。大変な不幸に見舞われながら、誰を恨むでもなくつつましやかにお過ごしだったのを、こちらの都合でまた表舞台に引っ張り出した。そんな彼女が、お前に対して、自分の命令を聞いてほしいなんて、本気で思っていると思うのか？」

「――」

「はっきり言ってやろう。お前は命令されたんじゃない。リーゼロッテ様に拒絶されたんだよ」

「なっ……」

役目を与えられたどころか、拒絶されたと言われて、目の前が真っ白になった。

滅多なことで動揺しないルカだが、心臓のあたりをナイフでひと突きされたようなショックを受ける。

「う……嘘だ……」

なんとかひねり出した声はかすれていて、力がない。二本の足で立っているはずなのに、足が震えて床がぐにゃりと歪んでいるような気がした。

「だって、俺は……リーゼロッテ様のために……ずっと、あの方のために……なんでもしたくて……笑って、ほしくて……」

この五年だけではない。

彼女の特別になりたいと思った時から、ルカは自分がなにができるかを考え始めた。

そして手っ取り早く、リーゼロッテをつま弾きにしようとするこの世界を、変えようと決意したのだ。

誰よりも尊重されて、かしずかれる存在であるべき彼女を、皆の王にすればいいと思った。

そして自分が一番のしもべとして、彼女のそばに控えて、死ぬまで一緒にいようと決めた。

もとはと言えばすべてリーゼロッテのためである。

彼女のために、優しくて、嫌なものは一切目に入らない、幸せな鳥かごを作りたかった。

「姫様は……嬉しくなかったのか……？」

まさかそんなはずがない。信じられない。

人は皆、誰だって楽をして生きていきたいはずだ。自分の代わりにすべての面倒事を引き受けてくれる人を、誰よりも重用する。でなければ、貴族制度など数百年も続かない。

そう必死に自分に言い聞かせるが、彼女を帝都に招いてからこの数か月の間のことを考えると、アルヴィンの考えを否定する根拠が出てこなかった。

「――」

それっきり、言葉を失ったルカを見て、アルヴィンははぁ、とため息をつく。

うつむきテーブルの上でこぶしを握る教え子を見て、

「命令を聞いてもらうことが、あの方のお望みではないのだ。リーゼロッテ様と話をしなさい」

そしてルカの肩をとんとん、と手のひらで叩くと、部屋を出て行った。

「姫様の望み……話……？」

脳裏に、昔のリーゼロッテの笑顔が浮かぶ。

彼女は昔、些細なことでよく笑っていたが、帝都に呼び寄せてから笑った顔をまともに見ていない。

そこでふと、思い出した。彼女に馬車を降りろと言われる寸前のやりとりを。

ルカがリーゼロッテの好きなサンドイッチを作った時。昔、四つ葉のクローバーやルカが描いた絵の話をした時、リーゼロッテは瞳を輝かせて喜んでいた。

（――たった、それだけのことで）

そう、たったそれだけのことだった。

「俺は……間違っていた、のか」

ルカの疑問は誰もいない部屋で、静かに響く。

誰もルカに人との付き合い方を教えてはくれなかった。

だから——。

「いや……違う」

ルカはうめき声を上げながら、机の上で両方のこぶしを握りしめる。

自分に欠陥があることを、いつまでも両親のせいにしていいはずがない。

それでは父と、母と、同じではないか。

『できるだけ私を遠くから見守って。できるでしょう？　私の役に立ちたいというのなら、そうしてください。これが私の願いよ』

あの時、彼女は今にも泣きそうな顔をしていた。

なんということだろう。

ここでようやく、ルカは自分がリーゼロッテに見捨てられたのだと気が付いたのだった。

六章　「本当の気持ち」

「喧騒から離れた田舎ですので、陛下もリーゼロッテ様も騒がれる心配はありません。自由にお過ごしになさってください」

「ありがとう、アルヴィン」

リーゼロッテが礼を言うと、彼は「もったいないお言葉です」と、一礼する。

浄化の旅の小休憩は、フィドラーの森から少し離れた別荘地に決まった。かつては帝国の保養地として栄えていたらしいが、今は流行も陰りを見せていたって静かな土地だという。

「それでは失礼します」

そしていつものように、アルヴィンと一緒に無言で部屋を出ていこうとしたルカを、

「ルカ、待って」

と呼び止める。

その瞬間、ルカは驚いたように目を見開き、振り返った。

それこそ美しい深紅の瞳がこぼれ落ちそうなくらいビックリしていた。

それもそうだ。リーゼロッテがルカの名を呼んだのは、久しぶりだったから。

「あなたと話がしたいのだけれど、いい？」

呼び止めたリーゼロッテも少し緊張していたが、平穏を装う。

「もっ……もちろんです」

ルカは少しかすれた声でうなずく。そこでふと、慌てたように周囲を見回した。

「あ、でもほかに誰か人を」

「いいの。ふたりで話したいから」

リーゼロッテの発言を聞いて、アルヴィンは小さくうなずいて侍女とともに部屋を出て行った。ドアを閉める間際、彼がかすかに微笑んでいるのを見て『応援』された気がして、なんだかむずがゆい。

（ありがとう、アルヴィン……）

彼の思いやりに感謝しながら、リーゼロッテはバルコニーへと目を向ける。

「窓を開けてくれる？」

「――はい」

ルカがバルコニーへと続く窓を開けると、初夏のさわやかな風が部屋に吹き込んできた。

「いい風が吹くのね」

「この地はすぐそばに標高2000メートルの山があるので、夏も過ごしやすいんです」

そしてルカは、リーゼロッテが脱いだマントをポールハンガーに掛けると、

「紅茶をいれて来ましょう。少々お待ちください」

と言って、部屋を出て行った。

「――はぁ」

力が抜けて、思わずため息が漏れる。

とりあえずふたりで話す場を設ける、という第一段階はうまくいったようだ。

あとは自分の思いを彼に打ち明けるだけ、である。

（でも、それが難しいのよね……）

バルコニーから見える風光明媚な自然は美しかったが、リーゼロッテの脳内はルカにいつどういう形で自分の思いを打ち明けるかでいっぱいで、景色がまったく頭に入っていかない。

（とにかく、私がルカを嫌っているとだけは、思われたくないわ。そうじゃないって言わないと）

リーゼロッテはこの休暇に文字通りかけている。

振られるのは百も承知だが、そんなことは知ったことではない。迷惑と思われるかもしれないが、ルカが自分にしてきたことを思えば、思いを告げるくらい大した負担ではないはずだと、訳の分からない理論で自分を納得させた。

それから間もなくして、ルカがお茶を運んできた。いつもの騎士然としたルカだ。

この時も彼が『演じている』のだと思うと、昔は当たり前だったなにもかもが、途端に切なくて、苦しくなってくる。一刻も早くこの空気を終わらせたかった。

(よしっ……！　話をしましょう！)

リーゼロッテは決意に満ちた目で顔を上げ、ルカの名を呼んだ。

「ルカ、あのね……」

だがそれを遮るように、ルカが口を開く。

「姫様のお話を聞く前に、俺からもよろしいでしょうか」

「えっ、あ……はい」

慌ててソファーの上で背筋を伸ばすと、

「申し訳ないのですが、これが終わったら少々お暇をいただきたく思います」

ルカはリーゼロッテに向かって、深々と頭を下げた。

「えっ!?」

「実は少し前から考えていたのです。おそばを離れること、お許しください」

そう言ってルカは、リーゼロッテの顔色を窺うように、控えめに微笑んだ。

(そばを離れるって……そっか……帝国に帰ってしまうんだ)

だが考えてみれば、当たり前だ。会話すらしないリーゼロッテのそばにいても、しょうがないと判断したのだろう。

「私の、せいね……」

ぽつりとつぶやくと同時に、鼻の奥がつん、と痛くなって唇が震えた。そしてみるみるうちに視界が淡くにじんでいった。

それを見たルカが切れ長の目を見開いて、息をのむ。

「いいえ、なにも姫様のせいというわけでは……そうではなくて……あの、姫様……」

うつむいて震えるリーゼロッテの様子に、泣き出したことに気づいたのだろう。

ルカはおろおろしながら、顔を覗き込もうとその場に跪いた。

リーゼロッテは膝の上でこぶしを握りしめる。

「だって、私と一緒にいるのがいやになったのでしょう?」

自分で改めて口に出すと、情けなくてたまらなくなるが、もう黙っていられなかった。

こうなったのは自業自得だが、どうせ答えは決まっているのだ。

だったら言いたいことくらいは言わせてもらおう。

「──は?」

ルカがぽかん、と口を開けたが自分のことで頭がいっぱいのリーゼロッテは、彼の表情の変化には気づかない。

リーゼロッテはすうっと息をのみ、勢いよく立ち上がる。そして跪いたルカに向かって叫んでいた。

「でも、私は自分ひとりが悪いとは思っていませんから！」

「……あ、あの」

ルカが胸元からハンカチを取り出しつつ、なにかを言いたそうに口を開いたが、彼に言い訳をさせてなるものかと、さらに畳みかける。

「だって、そうでしょう……!? ずっと好きだった人に、臣下として自分を道具として扱えなんて言われて、キスしたり抱きしめたりするのも、自分の意思ではなく私のためだなんて言われて！　嫌々そんなことをさせてるんだって思ってたら、距離だって取りたくなるわよ……！」

理論立てて穏やかに、自分の気持ちを伝えようと思っていたのに、ルカから帝国に帰国すると聞いて、一瞬で吹っ飛んでいた。

「でも結局私は、あなたに『帝都に帰れ』って命令できなくて……本当、自分が情けないわ……」

そう、腹を立てたくせに、ルカを拒絶できなかった。

彼に自分を見るなと言いながら、自分は彼を目の端でいつでも見つめていた。

理由は単純。ルカが好きだからだ。

彼が自分を愛していないとわかっていても、リーゼロッテにとってルカは唯一無二の男だから、いつでも見つめていたかった。

十五の時からリーゼロッテはまったく成長していない。

ルカが好きで、彼を見ているだけで心がときめいて、決して目が離せないのだ。

「っ……あなたが私に見切りをつけて帝都に帰るのは、私の、自業自得よ、わかってる……！　でも、でもっ……ルカだって悪いんだから！　女心をもてあそんだルカだって、半分……いや、九割くらいは悪いんだからっ！」

こんなことを言ってしまうことが悲しくて恥ずかしくて、情けない。

リーゼロッテの目から涙がこぼれ、頬を伝う。

それはまるで雨だれのように、跪いたルカの頬にぽたぽたと落ちて、彼の顎先まで伝って落ちる。

「っ……」

その瞬間、ルカはびくっと体を強張らせた。

まるで不意打ちで殴られたような恋する男の表情に、リーゼロッテは泣きながら、ふっと笑った。

もう、どうにでもなればいい。

「あなたが好きだから、道具になんか思えない……。あなたはそうなりたいかもしれないけれど、期待には応えられない。ねぇ、ルカ……お願いだから、もっと自分を大事にして……。自分のために、生きて……お願いよ……！」

リーゼロッテは嗚咽を噛み殺しながら、そのままくるりと踵を返していた。

もう一分一秒だってここにいたくなかった。

今さらかもしれないが、これ以上ルカに己の未熟さをさらけ出したくない。一刻も早くこの場から立ち去りたかった。

だが――。

「姫様」

腕をつかまれて、強引に引き寄せられる。

「きゃっ！」

気が付けば立ち上がったルカの腕の中に、きつく抱きしめられていた。

スモーキーなベルガモットがふわりと香って、途端に胸が切なく締め付けられる。

彼が自分を拘束しようとしていることに、また腹が立ち、ドタバタと足をばたつかせた。

「姫様、暴れないで。俺の話を聞いてください……！」

ルカがどこか切羽詰まったような声でささやく。

「やだっ、聞きたくないっ！　離して……！」

だが彼の大きな手はリーゼロッテの頬を撫でて、顎を持ち上げる。

「姫様」

彼のリボンがたらりと目の前に落ちて、吐息が触れるほどルカの唇が近くなる。

ルカがくれる口づけは甘く蕩けるような気持ちになるけれど、結局辛くなるのが目に見えている。

「もうっ、私に構わないで！」

「それはできませんと、再会してから何度も申し上げているはずですが……それよりも姫様、先ほどおっしゃっていた、その……あの……もう一度、お聞かせいただけませんか」

ルカはかすれた声で、鼻先をリーゼロッテの首筋に顔を押し付けてささやいた。

彼の濡れた吐息に眩暈がする。

「はぁ!?　どうして二度聞こうとするの？　私にまた恥をかかせる気!?　もうっ、なんなの、どうしてきれいに立ち去らせてくれないの……！」

このまま床に押し倒されたりなんかしたら、きっともうリーゼロッテは彼を拒めない。

それだけは、絶対に、絶対に嫌だった。

「はっ……放して！　もう、ぜったいっ、なにをされても、二度と丸め込まれませんから！」

理性と、それをあっけなく乗り越えていく彼への恋心の間で揺れながら、リーゼロッテは握った拳を振り上げて、ぽかぽかとルカの胸を殴るが、さらにぐいぐいと抱きしめられて踵が浮いた。

「ルカ！」

叫ぶとさらに彼の腕に力がこもり今度はつま先が浮きかける。圧倒的体格差の前にはなすすべがない。腹が立つと同時に、抱きしめられているこの状況に胸が弾む。

なにをされてもルカが好きだ。

ひとりの男としての彼に、胸がときめく自分に腹が立って仕方なかった。

「下ろして……！　もうっ、ルカのばかっ！　意地悪！　腹黒！」

悪口のバリエーションもない自分に呆れながら、リーゼロッテは唇を引き結ぶ。

どう考えても淑女の態度ではないが、今はもう平民なのだし、どうでもいいことだ。

そもそも皇女だった時も、貴族の娘であれば当たり前のように受けている花嫁教育すら、受けていない。

たまたま精霊の加護を得たかもしれないが、その中身はどこにでもいる、平凡な女に過ぎないのである。

「ああ、もうっ……姫様、お願いですから、もう一度話を……！」

だがルカは、腕の中で猫のように暴れるリーゼロッテを必死に抱きとめて叫ぶ。いつも落ち着いているルカにしては珍しく、かなり焦った表情だった。

「いやよ！　どうせまた、道具云々って言うんでしょう！」

そう、結局同じことの繰り返しに決まっている。

もうこれ以上傷つきたくないリーゼロッテがぶんぶんと首を振ると、彼もまたリーゼロッテに負けないくらい大きな声で叫び返す。

「違います！　その……ひっ、姫様は、お、俺のことを、その、好ましく……いや、あのっ、すっ、……好きだと？　思ってくださっているのですか!?」

「そうよ、悪い!?」

反抗期の娘のような悪態をつきながらも、過去、見たことがないルカの焦り顔を見て、リーゼロッテはほんの一瞬だが素に戻って、少しだけ胸が軽くなる。

やはり彼にとって青天の霹靂のできごとなのだ。これまでさんざん振り回されたので、ちょっとだけやり返したようなそんな気持ちになる。

「でも、おあいにく様！　私はあなたに命令なんかしないから！　道具のようにも扱わない！」

そもそも五年前だって、心ひそかに、勝手に彼を好きだっただけだ。

婚約者といずれ結婚する身で思いを告げたところで、それはただの自己満足に過ぎない。

十七歳のリーゼロッテは、騎士であるルカを困らせるくらいなら『悪くない主人だったな』と思われた方がいいと、本気で思っていたのだ。

「私が好きになったルカはあなた曰く『演じていたルカ』だったらしいけど……！　それでも私には全部本当だった！　ふたりで庭を散策してスケッチをしたり、編み物のための毛糸を巻きなおしたり、猫に餌付けしたり！　難しい本を読むためにふたりで辞書を引き、訳すのにああでもないこうでもないと額を突き合わせた日々が、全部嘘でまやかしだったとは思わない！　あれは私の本当の恋だった！」

そしてリーゼロッテは大きく息を吸う。

「あなたは不本意かもしれないけれど、私の気持ちは私のものですから！　心の中の思いまで、どうこう言われる筋合いはありませんし、無理強いもされたくありません！　私は私の意思で、あなたを好きでいるし、お情けで一緒になるなんて、絶対に嫌！　だから絶対に、あなたと結婚はしません！」

結婚はしない。そう言い切った瞬間、リーゼロッテを拘束していたルカの腕の力が抜けた。

リーゼロッテの足が、とん、と床に着く。

驚きつつも、地に足が着いたことにとりあえずホッとした。

（もしかして、やっとわかってくれた……？）

もともと一を聞いて十を知るような男だ。きちんと自分の気持ちを伝えたことで、わかってくれたのかもしれない。

ゆっくりと深呼吸を繰り返し、それからじっと、食い入るようにルカを見上げる。

「……」

だがそれからしばらくの間、彼はピクリとも動かず、棒っきれのように突っ立ったまま動かなくなった。おそるおそる顔を上げたが、彼の秀麗な顔を覆うように長めの黒髪がハラハラとこぼれて、視界を遮っている。

なんとなくではあるが、彼がなにかを考えて込んでいるのは伝わってくる。

(どうしよう……言い過ぎた？)

普段大きな声すら出したことがないリーゼロッテは、たちまち不安になってしまった。

「あの……」

なにを言っていいかわからないまま、リーゼロッテは彼のだらんと降りた手にそうっと触れる。そしてひんやりした指先をそのままぎゅっと握りしめた。一瞬だけぴくりと動いたが、彼は嫌がらなかった。

そういえば、ルカの手を握ったのは久しぶりだ。

ふと、普段は記憶の奥底に押し込めていた、十六歳の誕生日のことを思い出す。

彼はリーゼロッテの誕生日に贈られたケーキを食べて、死にかけた。

彼はもう助からない、あきらめた方がいいと、医者や周囲が止めるのにも耳を傾けず、夜通し彼の手を握って看病した。

そうして三日間、生死をさまよったあげく、ルカはいきなり何事もなかったかのようにぱちりと目を覚ましたのである。

医者は仰天し、何が起こったのかと騒ぎになったが、しばらくして神官のひとりが『太陽が出ている時間の傷はどんなものでも治る』という加護に気づき、神話級の精霊の加護を得たことが発覚したのだ。

バルテルス騎士の中から、加護持ちが誕生したのは本当に久しぶりだったらしい。なので大変な騒ぎになった。

もともと優秀だったルカを欲しがる兄弟や有力貴族が、毎日リーゼロッテのもとを訪れた。

『お前にはあの男はもったいない』

『こっちに寄越せよ。金なら出すぞ』

彼らはそう言って、ルカを手放すようリーゼロッテに迫ったのだ。

だがリーゼロッテはうなずかなかった。

(ルカは私にはもったいない騎士……だけど、モノではないわ。寄越せと言われて、はいどうぞとは言いたくない)

普段は気弱で、大きな声ひとつ出せないリーゼロッテは、それでも踏ん張って、

『ルカには自分が望む場所にいてほしいと思っています。私は彼に命令しません』

とだけ言って、あとはルカに任せることにしたのである。

その後、彼のもとには毎日たくさんの宝石や黄金、縁談などを含めた手紙が届いたらしいが、すべて突っ返したのだとか。

そして彼はリーゼロッテのそばで、いつも通りに過ごすことを選んだのだ。

『相変わらず、私くらいがちょうどいいってことね？』

落ち着いた頃、リーゼロッテがからかうように彼の顔を覗き込むと、ルカは珍しく切れ長の目をぱちくりさせて、それから大きな手で口元を覆い、うつむいた。

『――はい。俺は、あなたのそばが一番いいのです』

別に、好きだと言われたわけではない。

ちょうどいいのかと尋ねて、彼は『はい』とうなずいただけだ。

勘違いしないようにしなければと思ったが、それでもリーゼロッテは、彼の言葉に天にも昇るような心地になった。

この時、はっきりと彼への恋心を自覚したのかもしれない。

死にかけたルカのことはあまりにも辛すぎて、普段はあまり思い出すことがないのだが、彼の冷たい手を握った時に、記憶の蓋が開いたようだ。

リーゼロッテはゆっくりと息を吐き、相変わらず無言のルカに向かってささやいた。

「道具として使ってほしいというあなたの気持ちに寄り添えなくて、ごめんなさい。でも、私はあなたの幸せを願ってる。そんなちっぽけな願い、欲しくないかもしれないけれど……それでも私はあなたに、幸せでいてほしいし、自分の人生を生きてほしいと思ってるの」

「……っ」

ルカは無言のまま、何度も何かを吐き出そうとしては飲み込み、唇をわななかせる。

そしてゆっくりと、一文字ずつ刻み込むように口を開いた。

「姫様は、やはり強いお方ですね」

「え？」

どういうことかと首をかしげると、彼はゆるゆると首を振る。

「俺は……俺は姫様のためと繰り返し言いながら、本当はそうではなかったと、今ようやく理解できました」

短く呼吸を繰り返すルカはとても苦しそうだった。

だが彼は今、大事な言葉を自分に伝えようとしてくれている。リーゼロッテは固唾をのんで、次の言葉を待つ。

「俺は、本当に姫様の特別になりたかっただけなんです」

ルカは今にも笑い出しそうな、同時に泣き出しそうな顔になり、くしゃりと頬を歪める。

「あなたに大事にされたくて、ルカ以外はいらないと思ってほしかった。あなたの望みを叶え続ければ、そばにいられると思っていた……だから、俺を便利な道具として、扱ってもらえれば、きっといつか、俺をあなたの特別にしてくださるんだと、信じて、おりました」

ルカは深紅の瞳を取り囲む、羽のように長いまつ毛を何度か瞬かせながら、自嘲するように唇の端を持ち上げる。

己をさげすむような眼差しをしたルカは、それでもこの場から逃げ出さなかった。

「姫様……申し訳ありません。俺は、姫様がおっしゃるように、本当に馬鹿な男です。姫様の特別な男になりたいという俺自身の単純な望みすら、わからなかった。役に立てば愛されるのだと、勘違いしていたのです……！」

そして彼は、ゆっくりとその場に跪き、リーゼロッテのドレスの裾をつかみ、そうっと口元に運び口づける。

「それでも……もし、許されるなら……！　俺はあなたのそばにいたい……！」

「ルカ……」

名を呼ぶと、彼はさらに深く頭を下げる。

「己の愚かさは重々承知しております！　本当なら、潔くあなたの前を去るべきだ！　ですが俺には、それは耐えられないんです……！　あなたのそばを離れたくない！　絶対にいやなんだ！　だから、どんな罰でも受けますから、俺をそばに置いて──」

必死に言い募るルカを見て、リーゼロッテは慌てて声を上げていた。

「ルカ、そうじゃないわ！」

「っ!?」

彼はびくっと体を震わせて、それからおそるおそるこちらを見上げた。

いつもは見上げるほど大きな体を縮こませたルカは、まるで捨てられた子犬のように見えて、リーゼロッテはそわそわしてしまう。

「ルカ……」

リーゼロッテはそのまま腰を下ろして彼の前に膝をついた。そして彼の精悍な頬を両手で包み込む。

自分の思いが少しでも伝わるように、彼の薔薇の深紅の瞳を覗き込んだ。

「今の私があなたになにを言われたいか……考えてくれたら、嬉しいわ。ルカならきっと、わかると思うのだけれど。どう？」

リーゼロッテはちょっぴり泣きそうになりながらも、ふふっと笑って、小首をかしげる。

ルカはまっすぐにリーゼロッテを見つめながら、まばたきひとつしないまま唇を震わせた。

「俺なら……？」

「ええ」

仮に彼が『よき騎士』を演じていたとして、それがなんだ。

彼と過ごした二年間は、嘘ではなかったし、彼が毎日自分のために編んでくれていた髪も、四つ葉のクローバーも、猫の絵も、全部、本物なのだから。

「――」

ルカは、しばらく深紅の視線をさまよわせた後、思い切ったように唇を開く。

「姫様……リーゼロッテ様。お、俺は、あなたが……好きです……。ずっと、ずっと前から、お慕いしていました」

言い切った瞬間、ルカの深紅の瞳がほんの少しだけ潤み始める。

それからなにか、吹っ切れたようにはっきりと口にした。

「願わくば……あなたとふたりで、生きてゆきたい」

そして彼は、頬に置かれたリーゼロッテの手を取り、ゆっくりと手のひらにキスをした。

ひんやりしていたはずの彼の手は、緊張のせいかしっとりと汗ばんでいて、びっくりするほど熱くなっていた。

手のひらに伝わる吐息の感触がくすぐったいが、その熱に、夢でも幻でもなく今ここにルカはいるのだと、泣きたくなる。

「ルカ……」

彼の告白はとてもつたないものだったけれど、やっと、やっと彼の本音を聞けた気がした。

リーゼロッテは感動に胸を震わせながら、ルカと同じようにわななく唇を引き締め、笑って、小さくうなずいた。

「ルカ……ありがとう。私もあなたと同じ気持ちです。出会った時から、ずっとあなたが好きよ。あなたを幸せにしたいし、一緒にいられたら嬉しい」

ルカに思いを告げるつもりがなかった五年前。

好きだなんて、言えなくても仕方ないと思っていた。婚約者もいるのだから、彼に伝えたところで迷惑なだけだからと、諦めていた。

「ルカ……大好き」

だがどうだ。名前を呼び、あなたが好きだと告げただけで、胸がじんわりと温かくなる。

どうやらリーゼロッテは、今まで知らなかった恋の喜びを、実感してしまったらしい。

まるで背中に羽が生えて、どこにでも飛んでいけそうな気がする。

「あぁ……」

同じように感じたのか、ルカが今にも泣き出しそうに笑って、それからゆっくりと顔を近づける。

いや、どちらが、というわけではない。お互いがそうするしかないとわかっていて、吸い寄せられるように、顔が近づき、そして唇が重なった。

唇の表面が触れあった瞬間、全身をうっとりするほど甘い陶酔が包み込み、びりびりと体に電流が走る。

彼とは今まで何度かキスをしてきたが、こんなに幸せな気持ちは初めてだった。

（もう、離れられない……離れたくない……！）

そう感じたのはリーゼロッテだけではないようで。すぐにルカの両手がリーゼロッテの腰の後ろに回り、お互い床に膝をついたまま激しく唇をむさぼりあっていた。

「姫様……姫様……っ」

彼はリーゼロッテの体を折れんばかりに抱きしめながら唇を吸い、息を乱す。

目を開けると、彼の眼のふちはうっすらと赤く染まっていて、興奮が伝わってくる。

これまで何度かキスはしたはずなのだが、こんなに余裕のない彼をみるのは初めてだった。

（ずっと大人だと思っていた彼が、こんなに自分を求めてくれるなんて……）

リーゼロッテは幸せな気持ちのまま、ちゅっ、ちゅっと音を立てて頬や瞼に押し付けられるルカの唇を堪能する。

「姫様、かわいい……俺の姫様……」

ルカはかすれた声で何度も「かわいい」とつぶやきながら、抱きしめたリーゼロッテの首筋に顔をうずめ、ささやいた。

「……あなたが欲しい」

それはずいぶんとはっきりした声だった。

いきなりの要求に、リーゼロッテは一瞬だけ体を固くする。

「えっと、それって……その……」

「——お恥ずかしいことですが、俺は今、ものすごく興奮しています」

そしてルカは、腰のあたりを遠慮がちに押し付ける。リーゼロッテの臍のあたりにゴリッとした硬いモノが当たって、はっとした。

「断らないでいただけませんか」

そう彼はささやいて、唇をリーゼロッテのうなじに押し付ける。熱い吐息が素肌を滑り、彼の舌先がリーゼロッテの耳に触れた。

「俺の理性がまだ残っているうちに、あなたを抱かせてください」

蕩けるような甘く低い声に、全身がぞくぞくと震える。

太陽がまだ落ちていないのに、とか。

結婚前に、とか。

色々な現実問題が一瞬だけ脳裏をよぎったけれど——。

「うん……」

リーゼロッテは彼の首の後ろに腕を回し、小さくうなずいていた。

もう、恋心を止めることなんてできない。


手を伸ばしてお互いの着ているドレスやシャツをはぎとりながら、ベッドに倒れこんだ。

恥ずかしいとかそういう気持ちは完全に吹っ飛んでいた。

溺れる人間が夢中で流木にしがみつくように、お互いがお互いを激しく求めていた。

「ルカ……好きよ……」

リーゼロッテが彼の名を呼ぶと、そのたびに彼の深紅の色が濃くなっていく。

重なる唇から蕩けてしまいそうで、眩暈がする。

夢中でルカの裸の胸や背中に手のひらを滑らせると、なぜか手のひらがひっかかった。

寝室のカーテンは閉じられていたが、隙間から太陽の光が注ぎ込み、部屋は真っ暗ではない。目を凝らすと、彼の裸の上半身が傷跡だらけなことに気が付いた。

「ルカ……これは、どうしたの？」

おそるおそる尋ねると、リーゼロッテの上のルカは少し困ったように笑った。

「お見苦しく……申し訳ありません」

「いいえ、そんなことではなくて……士官学校時代の訓練か、なにか？」

首から上は陶磁器のように滑らかなのに、違和感を覚える。

すると彼は、何度か唇を開けたり閉めたりした後、黙っていられないと思ったのか、なにか重いものを吐き出すようにつぶやいた。

「父の、鞭です」

「えっ!!」

「ご存じの通り、俺は欠陥人間なので、いつも父をイラつかせてしまって……物心ついた時から、あの人が死ぬまでずっと、鞭を打たれていたのです。まぁ、さすがに病床についてからはモノを投げられる程度でしたが」

「待って、待って……」

リーゼロッテから目を逸らそうとするルカの頬に手をのせて、リーゼロッテは自分のほうに向ける。

「ルカ、私を見て……」

「――」

リーゼロッテの言葉に、ルカはおそるおそる視線を持ち上げる。

深紅の瞳の奥の怯えた眼差しに、リーゼロッテはこれまで感じていた違和感の正体と原因にようやく気が付いた。

「ルカ……あなたは欠陥人間なんかじゃないわ」

「――でも」

「小さい時から鞭を打たれて、そうだと思わされただけなのよ……。ルカ、あなたはなにも欠けてなんかいない」

完璧な人などいない。ルカだけでなく、リーゼロッテにだってなにかしら不足しているという自覚はある。

だがそれは『欠陥』ではないはずだ。絶対に。

「ルカ……あなたは素敵よ。優しくて……心が強くて、ちょっと言葉足らずなところはあるけれど、それはお互い様だし……」

必死にしゃべっているうちに、鼻の奥がつん、と痛くなった。だが泣くわけにはいかない。リーゼロッテはグッと奥歯をかみしめ、そのままルカの頭を胸に抱き寄せた。

「あなたは欠陥人間なんかじゃない……絶対に違う。私が保証するわ」

腕の中のルカが、びくっと裸の背中を震わせる。

頭を抱え込んでいるので、彼がどんな顔をしているのかはわからないが、そうやってしばらく抱き合っていると、強張っていた彼の体から力が抜けるのを感じた。

それからルカが低い声でささやく。

「信じても、いいのでしょうか」

「ええ。ほかの誰でもない、私を信じて」

親よりも自分を信じろなんて、我ながら傲慢だとは思ったが、それでルカが安心してくれるなら大した問題ではない。むしろ彼の両親にはふつふつと怒りが湧いてくるが、亡くなった人を恨んでも仕方ないし、とりあえずそれは後回しだ。

ルカは顔を上げて、至近距離でリーゼロッテを見つめる。

「姫様……」

「これからはリズって、呼んで。私、今はそう呼ばれているのよ」

リーゼロッテはニコッと笑って、ルカの額にチュッと音を立てて唇を押し付ける。緊張したのは、ここだけの話だ。だがその瞬間、ルカは驚いたように額に手をのせた。

「初めて姫様からキスをしていただきました」

「……ずっと、したいと思っていたわ」

そうしてもう一度、ルカの頬を撫でる。

「リズって呼んでって、言ったでしょう」

「――」

ルカはリズの言葉に何度も唇を震わせ、リーゼロッテのストロベリーブロンドの髪を指ですきながら、小さくつぶやいた。

「リズ……俺の、リズ……」

お互いの鼻先が触れて、それからまた吸い寄せられるように唇が重なる。当然のように口の中に滑り込んでくる彼の舌は柔らかく、熱かった。

「大好きよ、ルカ」

シーツの上を泳ぎながらリーゼロッテがそう告げるたび、ルカはホッとしたようにリーゼロッテの体に触れる。

「本当に……？」

「ええ、本当に。あなたになら、なにをされてもいいわ……」

その瞬間、のしかかっていたルカがかすかに息をのむ。

「じゃあ、こんなことも？」

大きな手がリーゼロッテの乳房を持ち上げて、柔らかく揉みしだき始める。

「あ……っ」

つかまれた胸が淡くしびれる。思わず声を漏らすと、ルカが指先で先端をなぞり始めた。

「リズのここ……小さくてかわいいですね。前から吸ってみたいと思っていたんです」

「え……ンッ……」

次の瞬間、ルカが乳首を口に含み、ちゅうちゅうと吸い始める。舌で周囲をなぞり、先端を甘噛みして、唾液をまぶしていやらしい音を立てた。

「あっ……」

鼻先にルカの黒髪が揺れている。未知の感覚に思わず膝を持ち上げたところで、ルカが右手で腹を撫で、そのまま膝の間に指を滑り込ませた。リーゼロッテの淡い叢をかきわけながらささやく。

「もう、こんなに濡れている……」

「えっ……あ……」

ルカの指が花芽をつまみ、こすり始める。

「ん、そこっ……」

あっという間に快感を拾い上げる自分がなんだか恥ずかしくて、ゆるゆると首を振ったが、なにをされても嫌ではないのは本当なので、彼の手を振り払うことはしなかった。

「ああ……リズ……夢みたいだ……」

ルカはうっとりとした表情で花びらを指でなぞり、ひだをつまんだりこすったりしながら、指先を蜜口に押し当てる。

「……中を、確かめさせてください」

「ひ、あっ……」

緊張したのは一瞬だった。彼の指がなんの抵抗もなく、つるりと中に滑り込む。

「大丈夫ですか？」

「ん……」

リーゼロッテがうなずくと、ルカがホッとしたように微笑む。

「少しずつしますから……」

そうしてルカはリーゼロッテの耳たぶにちゅっと吸い付いて、舌を這わせ始めた。

「リズ……好きです」

耳元で名前を呼ばれると、それだけで脳が揺さぶられる。頭の中に直接キスされているような、深い快感だ。

増えていく彼の指が、舌が、声が。リーゼロッテを愛していると全身で告げているのが、肌でわかる。

「ルカ……ルカ、あっ……んんっ……」

甘い快感が足元から駆け上がってくる。どこかに放りだされそうで、無我夢中で彼にしがみついていた。

「あ……ッ！」

目の前に星が散って腰が跳ね上がった。ぐったりとシーツに身を投げ出す一方で、ルカがうっすらと頬を赤くしてリーゼロッテを見下ろしていた。

ひどく満足したような、一方で飢えてもいるような、そういう目だ。

彼の下穿きは大きくテントを張って張り出していた。彼は一方的にリーゼロッテに奉仕する一方だったが、いいのだろうか。

いや、よくない。

リーゼロッテはルカの手を引いて、己の隣に横たわらせる。彼はリーゼロッテにされるがままごろんとベッドに横になった。

「……リズ？」

ルカが一瞬だけ不思議そうな顔になる。リーゼロッテがなにをするのか想像すらしていないようだ。

リーゼロッテはするすると下穿きの紐をほどいて布をずりおろす。

ぶるん、とまるで生き物のように飛び出した男根がちらりと視界に入って、そのあまりの大きさに仰天したが、今さら引くわけにはいかないので、必死にそれを飲み込んだ。

「……今度は私が触ってあげる」

まったく経験がないくせに、なぜかルカは触ってあげたら喜ぶような気がしたのだ。

「えっ……あっ！」

思い切ってそそりたった幹を握った瞬間、ルカが全身を震わせる。

「どうされたら気持ちがいいの？　教えて、ルカ」

閨教育も受けていない自分が彼を満足させられる自信はないが、何事も気持ちが大事なはずだ。なにより女は度胸だと、村の女たちも言っていた。

じっと彼の目を見ながら尋ねると、ルカは信じられないと言わんばかりに唇を震わせながら、それでも喉の奥から絞り出すように答える。

「両手を筒のようにして……上下に……こすって……ください……」

「わかったわ」

リーゼロッテは小さくうなずき、それを両手で包み込んで、何度か揺さぶり始める。

正直これで気持ちよくなれるのか疑問だったが、

「あ、姫様……っ」

ルカが身もだえしながら、リーゼロッテの体を抱き寄せる。技巧もへったくれもないつたない手だが、彼は満足してくれているのかもしれない。

「リズよ。言ったでしょう、ルカ。リズって呼んで」

「んっ、あっ……あ、ああっ……りず、りずっ……もっと、強く握ってくださいっ……」

ルカはリーゼロッテの肩筋に顔をうずめ、手の動きに合わせて腰を振り始めた。そしてリーゼロッテも無我夢中で彼の屹立をこすり上げる。

「あ、リズッ……りず……う……ッ……あッ……だめだ、あ、あ」

ルカの腕に力がこもり、そのまま手の中で男根がビクン、と跳ね上がる。

ルカは必死に快感を噛み殺すように唇を引き結び、リーゼロッテの手の中に熱い白濁を吐き出した。

「はっ……ハッ……はぁ……」

彼は何度か短い呼吸を繰り返した後、自分が脱いだシャツをつかんでリーゼロッテの手や腹を拭きながら、ささやいた。

「あなたに導かれて……天にも昇る気持ちでした……」

そう言う彼の目は相変わらず欲望に濡れていて、声は熱っぽくかすれていた。

ルカはそのまま猫がするようにリーゼロッテに頬ずりをした後、向かい合ったまま、また何度かついばむようなキスをする。

するとまたリーゼロッテの腹のあたりにぐいぐいと硬いモノが押し付けられて、驚いてしまった。

「――また、大きくなったわ」

精を放った瞬間、一瞬だけ力を失ったように感じたのだが、思い違いだったのだろうか。

「一度吐精したくらいでは、萎えませんよ」

ルカが低い声で、つぶやく。

「そうなんだ……」

男性の体というのは大変なんだなと思っていると、彼はそのまま屹立をリーゼロッテの股の間に押し込んで、ゆっくりと腰を揺らし始める。

「あっ……」

彼の幹が花びらをかきわけ、全体をこすり始める。たちまちリーゼロッテの秘部も潤み始めて、ぬちぬちといやらしい水音が響いた。

「気持ちいいですね」

ルカは笑いながら何度もリーゼロッテの頬や額にキスをしつつ、ゆっくりと体を起こしてリーゼロッテの上にのしかかった。

臍に届きそうな彼の男根の先端からは、とろとろと蜜が溢れ、いやらしく光っている。

ルカは右手で根元のあたりを緩くこすりながら、甘い声でささやいた。

「リズ……あなたとひとつになりたい」

「ええ……」

いよいよその時が来たようだ。

こくりとうなずくと同時に、彼はリーゼロッテの両足を割り、男根を蜜口に押し当てて、動かし始める。それはまた指とは違った感覚で、くちゅくちゅといやらしい水音が響き、頭がおかしくなりそうだ。

「ルカ……」

我慢できずに彼の名を呼ぶと、ルカは一瞬だけ息をとめ、そのままグイッと腰を押し込むようにして、リーゼロッテの中に、割って入った。

「～～ッ!!」

熱い鉄棒で体を貫かれたような感触に、リーゼロッテの唇から声にならない悲鳴が漏れる。

痛い。熱い。ひりひりする。

「あっ……あっ……うう……」

だが、ルカを困らせるだろうから、痛いとは言えなかった。リーゼロッテはぽろぽろと目の端から涙をこぼしながら、目をつぶり唇を引き締める。

だがその様子を見て、案の定ルカはすうっと息をのみリーゼロッテの顔の横に両肘をついた。

「ひ、ひめ、あ、リズッ……申し訳ございませんっ……今、抜きますのでっ……」

それを聞いたリーゼロッテは慌てて彼の首にしがみつく。

「だ、だめっ……いいから、最後までしてっ……」

彼のモノが最後まで入っていないのはわかっていた。

「ですが……俺は、あなたを傷つけたくはないのです……」

ルカはおろおろしつつ、リーゼロッテから噴き出した額の汗を指で拭い、顔を覗き込む。

腰を引こうとしたので、今度は強引に両足を彼の腰に絡ませた。

勢いもあって、ルカと自分の腰がぴったりと重なる。内臓がえぐれ裂けるような痛みが走った。

「っ……！」

やっぱり涙が出るほど痛いが、我慢できないほどではない。むしろこの痛みを、リーゼロッテは愛おしく思う。

リーゼロッテは最奥まで受け入れたルカの熱を感じながら、彼を見上げる。

「ルカ……こんなことで、私は傷つかないわ」

「え？」

「愛してるのよ、ルカ……。私に、あなたに身も心も求められていると、感じさせてほしいの」

「リズ……」

見つめあったのはおそらくほんの数秒で。

けれどふたりの間に流れたときは永遠にも近い、長い時間だった。

ルカはふっと笑って、なぜか泣き笑いのような表情を浮かべて唇を引き結ぶ。

「あなたは本当に……強い人だ。だから俺は……あなたを求めて……ずっと……恋する気持ちを知らないまま、憧れて……」

彼のつぶやきはとても小さくて、リーゼロッテの耳には半分も届かなかったが、おそらく自分の気持ちは彼に通じたのだろう。

ぴったりと体を重ね、ふたりでじっと見つめあい、唇を吸い、舌を絡ませているうちに、ようやく痛みが治まってきた。

「リズの中が……少し、柔らかくなったように思います」

「うん……もう、大丈夫よ。だからルカの好きにして」

本当はまったく大丈夫ではなかったし、痛いし動かないでほしい。だが先ほど彼のモノを手でしごいたことから考えて、このままで彼がいいはずがないのはわかっていた。

「リズ……」

ルカは小さくうなずいて、ゆっくりと腰を引く。

太く硬い彼の屹立が出ていくと、そのまま内臓まで裏返りそうで、一瞬だけ怖くなる。

とっさに顔の横に置かれた彼の手首にしがみつくと、ルカはふっと笑って額にキスをした。

「ゆっくり、しますね」

「うん……」

そしてルカは言葉通りゆっくりと、まるで船をこぐようにリーゼロッテの中を行き来し始める。本当は手でした時のように激しくしたいはずだろうに、ルカは乱暴なことは一度もしなかった。

そうするうちにリーゼロッテにも次第に余裕が生まれてきた。

「ここは、どうですか？」

ルカが挿入の角度を少し変えた瞬間、彼の下生えがリーゼロッテの敏感な蕾をこすりあげて、全身を甘い快感が貫く。

「……ルカ……なんか、へんかも」

「変、とは？」

「体がふわふわして……あっ……んっ……あぁ……」

腹の裏をこすり上げるルカのものを感じて、リーゼロッテは身をよじる。

「よかった……」

ルカはホッとしたように微笑んで、抽送のペースを少しずつ速くした。下から見上げる、伏せた目のまつ毛が恐ろしく長い。

「ルカ……最後まで私の中で、気持ちよくなってね」

「で、でも」

「私がそうしたいの……」

以前、ルカは言っていた。子供ができたら面倒だから結婚しなかったと。

今ならわかる。彼はきっと恐ろしいのだ。

騎士時代から身持ちが堅かったのも、この五年の間に妃を持たなかったのも、自分を思ってくれていたというのもあるだろうが、自分が父親になった時、子供に鞭を振う自分が容易に想像できて怖かったのだろう。だから心の奥底で、それを徹底的に避けてきた。

三十年近く、そう思い込まされてきた記憶を塗り替えるのは、容易ではないはずだ。だから根気よく付き合うしかない。

「ルカ、愛してるわ……」

彼が死ぬのが先か、自分が先かはわからないけれど。いつも自分は愛しているし、あなのだ。

たを大事に思っていると伝えるしか、彼の地の底に等しい自己肯定感を満たす方法はない
リーゼロッテの愛の言葉に、ルカはなにも答えなかった。

ただ、徐々に早くなっていく抽送の中で、怯えたようにささやく。

「――そろそろっ……限界が近いですっ……リズ……」

リーゼロッテはうなずき、彼の首の後ろに腕を回した。

彼の顔を見ていたかったし、自分の姿を目に焼き付けてほしかったのかもしれない。

「あ、リズ……リズッ……」

ルカはリズミカルにリーゼロッテを突き上げながら、腰を回し、そそり立った屹立で
リーゼロッテの腹の裏をこすり、息を乱す。

彼の首の後ろで結われていたリボンがほどけて、美しい黒髪が夜の雨のようにリーゼ
ロッテに降り注いだ。

「あ、すきっ……りず、ああ、すきだ、かわいい……おれの、ひめさま……っ……」

彼が突き上げるたびに、黒髪がリーゼロッテの肌をかすめて全身を愛撫する。

黒髪を振り乱すルカは、まるで踊っているように雄々しく美しかった。

「あ、あんっ、んっ、わ、っ、わたしも、すきよ、ルカ……愛してるっ……」

ふたりの肌が激しくぶつかり、どちらのものかわからない蜜が溢れ、シーツを濡らした。

「リズ……ッ！　で、るっ……」

もう、これ以上奥には入らないと思っていたはずなのに、ルカの屹立が最奥で弾ける。子宮を押し上げられ、白濁を注ぎ込まれた。

「あ、ルカッ……」

激しい抽送に痛みを感じなかったと言えば嘘だが、ルカを愛おしく思う気持ちが、それを容易に上回ったようだ。愛する男と抱き合える幸せが、リーゼロッテを包み込んでいた。

ルカはそのままリーゼロッテの唇をふさぎ、深く舌をねじ込みながら最後の一滴まで注ぎ込むように腰を揺らし、果てる。

一方リーゼロッテも、ずっしりと重いルカに押しつぶされながら、彼の背中に腕を回し必死で唾液を飲み込んだ。

「……大丈夫ですか？」

長いキスが終わり、体がふっと軽くなる。ルカが両肘をついて空間を作ってくれたようだ。

ぜえぜえと全身で息をするリーゼロッテを見下ろす彼は、もういつも通りの落ち着いた様子で、ただ寝転がっていただけの自分の方がどう見ても百倍は疲れている。

「……うん……はぁ……はぁ……」

「全然、大丈夫ではないですね」

ルカはクスッと笑って、それからゆっくりと屹立を引き抜く。

腹の奥からこぽりといろいろなものが溢れ出てくる感触があって、リーゼロッテは今さらだが『中でよくなって』と言った己の大胆さがとんでもなく恥ずかしくなってしまった。

それからしばらくして、ようやく頭が現実に馴染んできた頃。

「そろそろ体を清めましょうか」

「いいわよ、別に」

「よくありません。汗をかかれているのですから、風邪を引いたらどうするんですか。すぐに用意しますので、待っていてください」

そう言ってルカはいそいそベッドから降りると、手早く上着以外の騎士服を身に着けて部屋を出ていく。

もう少し余韻に浸っていたかったのにと思う自分が変なのだろうか。

そして戻ってきた彼に押し切られるようにして、全身をくまなく拭かれてしまった。

「もうっ……子供じゃないのにっ」

取り替えたシーツの上に倒れこんでリーゼロッテが唇を尖らせると、ルカはクスクスと笑ってその隣に身を投げ出し、リーゼロッテと向き合う。

肘枕をついたルカはリーゼロッテの手を握りしめ、それから花が開くように微笑んだ。

「どうやらこれは、俺の性分のようです」

「でしょうね……」

リーゼロッテが笑うと、彼はほどけたままの自身の美しい黒髪を手の甲で払いながら、じっとリーゼロッテを見つめる。

ひょうひょうとしていながら、彼は世話好きで構いたがりの本質を抱えているのだ。

そうすることでルカの心が安らぐのなら、好きにさせてもいいかもしれない。

（まぁ、あまり人目がないところに限るけれど……）


それからリーゼロッテは、ルカと清潔なベッドでまどろみながら、いろいろな話をした。

ルカは父親から『反貴族主義』の教育を受け、皇族の金の流れを探るためにリーゼロッテの離宮を選んだらしい。

『俺が最初にあなたを選んだ時の『ちょうどいい』という言葉に、嘘はありませんでした』

『あなたは俺にとって、無害な主だった』

『ですが姫様と過ごすうちに、俺は姫様の居心地のいい場所を作りたいと、本気で願ったのです』

『熟考の末、行動に移したはずなのに、最終的に本来の目的であるはずの姫様を失ってしまった……俺は、自分を心底嫌いになりました』

ルカの懺悔を聞いて、リーゼロッテはすべてに納得がいった。

結局、ルカのように特別に頭のいい人間でも、すべてを支配下に置くことなど、できないということなのだろう。

「ルカ……もう、離れないでね。ずっとそばにいてね」

リーゼロッテは彼の大きな手をとって、自分の頬に押し当てる。

ルカは一瞬驚いたように目を見開き、それから感極まったように唇を引き結び、うなずいた。

「ええ……命尽きるその瞬間まで、あなたのそばに」


それから三日間、喧騒から離れた小さな別荘で、リーゼロッテはルカと朝から晩まで愛し合った。

ルカは甘く優しく、リーゼロッテの体を慈しみながら、何度も腹の奥に精を放ち、必ず先に気を失うリーゼロッテのために体をきれいに拭き清めてから眠った。

食事も、身支度を整えるのも、すべてルカがやって、リーゼロッテはただぽやぽやしながら座っているだけだった。

「このままでは私、ダメ人間になってしまう気がするから、そろそろやめてほしいのだけれど……」

三日目の朝、入浴後に彼に髪を整えてもらっていたリーゼロッテがそうつぶやくと、

「姫様は俺の楽しみを奪うつもりですか？」

と、ブラシを持った彼に心底悲しそうな顔をされてしまったので、困ってしまった。

「……もう姫様じゃないでしょう？」

窘（たしな）めるように彼を振り返る。

するとと彼はちょっと困ったように笑って、

「リズ……。あなたは俺の姫君です。これは死ぬまで変えられません。せめてふたりきりの時くらいは、俺の好きにさせてください」

リーゼロッテのすっきりと編み上げて、さらされたうなじに、唇を寄せた。

「愛しています、リズ。あなたが本当に愛おしい」

ちゅっと音を立てて口づけられて、くすぐったい。

「もうっ……」

思わず身をよじると、ルカはニコニコと笑って、とても機嫌がよさそうだ。好きな男が機嫌よさそうにしているだけで嬉しくなるが、彼の顔を見てふと思い出したことがあった。

「そういえば、帝都に戻るつもりだったんでしょう？　遅れてしまったけれど、大丈夫だったの？」

「帝都？」

ルカが不思議そうに首をひねる。

「お暇をいただきたくって、言ってたじゃない」

リーゼロッテの言葉に彼は深紅の瞳をぱちっと見開いて数秒考え込んだ後、

「え……？　あっ！　それは違います！」

と慌てたように首を振ったのだった。

それから、よくよく話を聞いて仰天した。なんとルカは、フィドラーの森に向かうつもりだったらしい。

「もしかして、おじい様のところに行くつもりだったの？」

「はい。早馬を飛ばして」

ルカは紅茶をテーブルの上にのせ、リーゼロッテの隣に腰を下ろす。

確かにここから休みなく馬を飛ばせば、フィドラーの森に行けなくもないが、かなりの強行軍になったはずだ。

「なにをしに、って聞いてもいい？」

おそるおそる尋ねると、ルカは目頭を指でつまみながら、苦笑した。

「この五年、あなたを保護してくださっていたことや、五年前の不始末……直接会って、フィドラー伯にお詫びしたいと思っていたんです」

どうやらルカは、リーゼロッテを帝都に招いてから数回、祖父に手紙を送っているらしい。だが一度も返事は来なかったので、この機会に直接会いに行こうと思ったようだ。

（おじい様に会いに行くつもりだったなんて……）

己の勘違いが意外な形で露呈し、リーゼロッテの頬が、ぽぽぽと赤く染まっていく。

「そう、だったの……私ったら、あなたが私を置いて帝国に帰るんだって、勘違いして……それで勝手に腹を立ててしまって……わぁ……恥ずかしい……」

両手で頬を押さえると、隣のルカはクスッと笑って、リーゼロッテの肩を抱き、そのまこめかみにキスをする。

「ですが、その勘違いのおかげであなたとこうなれたと思っているので。感謝しています」

すりすりと、端正な頬をリーゼロッテにこすりつけるルカは、大きな猫か犬のようだった。

自分よりも強く美しく大きな男に甘えられていると思うと、胸がきゅんきゅんと締め付けられる。リーゼロッテは頬を赤らめたまま、彼の背中に腕を回した。

「私もおじい様に手紙を書いていたの」

「手紙にはなんと？」

「ルカが死んだはずの私の名誉を、回復しようとしてくれたこと……アルヴィンに聞いたの」

ぽつりとつぶやいた瞬間、彼はビクッと体を震わせた。

「おじい様は、知らないと思うから、伝えたかったのよ。でも、うまく説明できなくて」

結局手紙は手元にあると話したところで、ルカはゆっくりと体を離し、リーゼロッテの頬をそうっと両手で包み込み、顔を覗き込む。

「そうだったんですね……俺の、ためですか？」

「――それもあるけれど……私が嫌だったの。大好きなおじい様に、あなたがいつまでも恨まれていると思ったら、悲しくて」

するとルカはまっすぐで美しい眉をかすかに寄せて、こつんと額をあてて目を伏せる。

「浄化の旅が終わって、帝都に戻って……落ち着いたらふたりでフィドラーに行きませんか」

「え？」

「あなたが過ごしていた村がどんなだか知りたいし、やはりフィドラー伯と直接会って話がしたいです。リズが一緒に来てさえくれれば、門前払いはされないでしょう。多分……」

念押しの『多分』の言い方が少し可愛く聞こえて、リーゼロッテはくすりと笑う。

「そうね。あっ、秋にはお祭りがあるのよ。その時に帰らない？」

「お祭り？」

「村中の人間が集まって、夜通し踊りあかすの。毎年みんなが楽しみにしているのよ！　旅の楽団も来て、朝から晩まで大騒ぎ！　本当にすごいんだから！」

色とりどりのランプを家の軒下や庭木のあちこちに飾って、幻想的な明かりの中で歌って踊ったり、お祭りの時しか食べられないプディングやゼリーを子供たちにふるまうのも、リーゼロッテの楽しみのひとつである。

ほとんど娯楽のない土地ではあるが、だからこそ村中のみんなが秋の収穫祭を思い切り楽しむのだ。

リーゼロッテが目を輝かせながら、身振り手振りを交えて説明すると、

「ふふっ……」

ルカがやんわりと微笑む。その瞬間、ハッと我に返ってしまった。

「あっ……やだ、私ったら、子供みたいにはしゃいでしまって……」

しかもバルテルス皇帝相手に、村祭りに一緒に行こうなんて、どう考えても滑稽にもほどがある。

慌てて「今のは、聞かなかったことにして」と早口で告げたが、

「リズのお誘いを、俺が断るとでも？」

彼は軽やかにそうささやいて、リーゼロッテの唇に触れるだけのキスをした。

「秋の収穫祭、楽しみです。行きましょうね、絶対に」

「……ええ」

こくりとうなずくと、ルカが愛おしくてたまらないと言わんばかりに目を細め、改めてリーゼロッテを抱きしめたのだった。

七章　「最後の浄化」

　最後の浄化の地は、東の最大の商業地であるロッカだ。半年ほど前から近くの森に瘴気が生じ、流通に大きな支障が出ているという。

　リーゼロッテ一行は、今までそうしてきたように、馬車でこの地を治める市長の屋敷へと向かう。

　門から正面玄関に至るまで、並木道を馬車で五分ほど走ったのではないだろうか。広大な庭はあちこちを薔薇のアーチが飾り、鳥や馬の形をしたトピアリーが理路整然と並べられている。庭師が毎日手入れをしないと、とても維持できない規模であることは、一目でわかる。

「ずいぶん立派なお屋敷ね」

　これまで多くの施政者や貴族の屋敷に宿泊してきたが、その中でも特別に、文化的な裕福さが伝わってくるようだ。

二階の客間から窓の外を眺めていると、

「ロッカの領主はこの地を二百年近く治めている侯爵ですからね」

ルカが慣れた様子でリーゼロッテのマントのリボンをほどく。

「へぇ……じゃあルカも会ったことがあるの？」

「ええ、まぁ……ちょっと」

うなずくルカは、なぜか苦虫をかみつぶしたような表情をしている。

（ちょっと？？）

リーゼロッテの前では、帝国貴族たちに対して一定の距離を取っているルカにしては感情的で、珍しい態度だ。

「なにか、問題がある方？」

おそるおそる尋ねると、彼はまた少し困った顔で肩をすくめる。

「いや、先々代から傾きかけていたこの地を、十年かそこらで立て直した、なかなかの政治家ですよ。領主としても申し分ない」

「だったら……」

「ただひとつ、問題がありまして……信じられないくらい、女癖が悪いのです」

ルカが神妙な顔をして、きっぱりと言い切った。

「安全面からあいつの屋敷を逗留先として選びましたが、それはそれ。リズはあいつに近づかないでください」

目に力を込めたルカがリーゼロッテに迫る。

「えっと……？」

いくら女癖が悪いと言っても、リーゼロッテにはルカがいる。

今さら気持ちが傾くはずがないのに、おかしいなと思ったところで、

「——ようこそ、ロッカへ！」

朗々とした明るい声とともに、羽根付きの帽子をかぶったすらりと背の高い男が姿を現した。

彼を見た瞬間、ルカは軽くため息をつき、

「相変わらずうるさいな、ジル」

とため息交じりに肩を落とした。

「陛下、まさか我が領地でお会いできるとは思いませんでしたよ」

「何を言う。お前が俺が帝都にいないことを知らないはずがないだろう」

リーゼロッテのそばにいるときとはまるで違う、尊大ではあるがどこか親しみを見せた振る舞いは、ジルと呼ばれた彼が相手だからだろうか。

ルカはそわそわしているリーゼロッテを振り返り、彼女のほうをいい加減な手つきで、

指差した。

「リズ。この男がロッカの領主にして侯爵の、ジルベール・ミラン・ロッカです」

「リーゼロッテ様。お会いできて光栄です。なんとお美しい方だ。目がつぶれそうです」

帽子を脱いだ彼は、ピカッとした笑顔で一礼し、胸を張った。

「お屋敷にお招きくださってありがとうございます」

リーゼロッテはジルベールと挨拶をかわしつつ、彼を見上げた。

栗色の髪を首の後ろでまとめた彼は、かなりの長身で、紅茶色の瞳がキラキラと輝き、頬や鼻の頭には星屑のようにそばかすが散らばっていて、闊達（かったつ）な印象を与える。

「このような姿で申し訳ありません。馬で領内を見回っておりましたので」

彼はまっすぐにリーゼロッテを見つめて、一度たりとも目を逸らさなかった。

自立していてハンサムで、立ち居振る舞いも洒脱（しゃだつ）で洗練されている。

ルカが冬の闇夜に輝く月なら、彼は夏の太陽とでもいうのだろうか。

「こちらこそお世話になります。よろしくお願いいたします」

するとジルベールは目をぱちくりさせた後、

「陛下。麗しい聖女にお願いされましたよ。ドキドキしてしまうなぁ！」

と、いたずらっ子のように微笑んだ。

ルカは面白くなさそうに体の前で腕を組むと、

「リズは心優しくて、うぶで、純粋なんだ。お前とは違う。あまり近寄るな」

ふたりの間に己の体をぐいぐいと差し込んで、フンッと鼻息を荒くした。

なんだかずいぶんと心を許しているようでもある。

その様子に、リーゼロッテは首をかしげる。

「ルカ、もしかしてジルベールさまと親しいの？」

「は!?　なぜそう思われるのです!?」

彼がぎょっとしたように振り返り、目を剝いた。心外です、と顔に書いてあるようだ。

「ルカがそういう態度を取るのは、心を開いているからでしょう。だからお友達なのかしらって」

それを聞いたジルベールはパッと笑顔になり、

「そうなのです、リーゼロッテ様。実は陛下とは士官学校で机を並べた仲なのです。いわば親友！」

と、ルカ越しににょきっと首を伸ばしてきた。

親友と聞いて、リーゼロッテは信じられないくらい舞い上がった。

「えっ、まぁ、そうだったんですね！　ジルベールさま、よかったら昔のルカの話を聞かせてくださいませんか？　いくらねだっても、彼は昔から士官学校時代の話を聞かせてくれなくて！」

思わず食い気味になってしまったことは許してほしい。

だがリーゼロッテは真剣だった。

ルカがまだリーゼロッテの護衛騎士だった頃、刺激に飢えていたリーゼロッテは彼に士官学校時代の話をねだっていたのだが、ルカはあまり昔の話をしたがらず、のらりくらりとかわされていたのである。

「ジルベールさま、ぜひ……！」

ルカの体をぐいぐいと押してジルベールに近づこうとすると、ルカが慌てたようにリーゼロッテを腕の中に引き寄せる。

「ひ、ひめっ……リズ、ちょっと待ちなさい。そのようなことを言うと、ジルが調子にのります！」

「だってルカ、あなたが秘密にするから、私だって……！」

「俺の士官学校時代なんて、特に面白いことなどありません！」

「別に面白くなくてもいいの、ただ知りたいだけなの！」

そうやってふたりでドタバタやっていると、ジルベールが「アハハ！」と声を上げて笑う。

「陛下と聖女様は、非常に仲睦まじくいらっしゃるのですね」

そしてニコニコしながら、リーゼロッテにささやいた。

「私のことは、どうぞジルとお呼びください。それと過度の歓待は無用と聞いておりましたので、ささやかな晩餐を準備いたしました。よければその席で、私と陛下の士官学校時代をお話ししましょう。アルヴィン先生もいらっしゃることですし、いかがですか？」

「――アルヴィン、先生……？」

なぜここで彼の名前が出てくるのかと、首をかしげる。

「彼は私たちの元担任なんですよ」

ジルベールがにこやかに微笑み、ルカが苦虫をかみつぶしたような表情になる。ジルベール同様知られたくなかったのかもしれない。

「えっ!!!!」

驚いて、一緒に部屋に入ってドアの前で控えめに立っているアルヴィンを振り返ると、

「昔の話でして……」

と、彼もまた、困ったように肩をすくめる。

なんてことだ。聖騎士は元教師だったらしい。

アルヴィン、ルカ、それにジルベールという三人が昔なじみだったと聞いて、ムクムクの好奇心の虫が騒ぎ始める。彼らの学生生活の話が面白くないなんて、絶対にありえない。

「ぜひ、皆さんでテーブルを囲みたいです！」

リーゼロッテが強く声を上げると、ルカがすべてを諦めたように「はぁ……」とため息

をついたのだった。

楽しい時間はあっという間というのは確かにそうで、リーゼロッテはこの浄化の旅で初めて『もっとお話を聞きたいのに……』と後ろ髪を引かれつつ、食事と食後のお茶の時間を終えた。

「さぁ、リズ。おやすみなさい」

身支度を整えてネグリジェ姿になったリーゼロッテを客室のベッドに寝かしつけたルカは、いつもよりちょっぴり強引だった。

「ルカって、やっぱりすごくモテてたのね」

「――そんなことはありません」

ルカは真顔で首を振り、子供にするように、毛布の上からとんとん、とリーゼロッテの腹のあたりを叩き始める。

「だって、親衛隊があったって」

「ジルが大げさに言っているだけです。あいつのほうが行く先々できゃーきゃーと騒がれていました」

「それは、ルカが全部無視するから、愛想のいい自分がモテてただけだって、ジルは言ってたけれど」

リーゼロッテは毛布を鼻まで引っ張り上げながら、愛する男の顔を見上げる。

「……なんでも話題を大きくするやつなんです」

ルカは憮然とした表情で、ささやいた。

「そうかしら……」

晩餐の場で聞いたルカの士官学校での伝説の数々は、リーゼロッテにとってかなり興味深いものばかりだった。

ルカ・クラウスは実技・教養・座学とどの試験もすべてオールSで、神童と呼ばれていたこと。

入学して早々、上級生に呼び出されたルカを心配して、助太刀しようとジルベールがこっそり後をつけたが、その場に到着した時には、上級生たちは全員ルカの足ふきマットにされていたこと。

男性にも女性にも信じられなくらいモテていたが、誰にもなびかず、氷の王子（アイス・プリンス）と陰で呼ばれていたこと。

とにかくルカ・クラウスという男はなにもかもが規格外で、士官学校内で彼を知らない人間はいないといっていいほどの人物だったらしい。

（そんなルカが、私を好きになってくれたなんて、今でも夢みたいだわ……）

ランプのあかりを絞るルカをベッドの中から見つめていると、ルカがかすかに眉をひそめる。

「――まるで恋をなさっているような目だ。キラキラと輝いて、腹が立つほど美しい」

「あなたのことを考えていたから」

「ジルではなく？」

まさかここでジルベールの名前が出てくるとは思わなかったリーゼロッテは、目をぱちくりさせる。

そういえばこの屋敷に来た時から、ルカは少し不機嫌そうだった。

「……もしかして、やきもち？」

リーゼロッテの問いかけに、一瞬、ルカは虚をつかれたように目を丸くする。そして、なにかに気づいたように、大きな手で己の目元を隠したため息をついた。

「そう、かもしれませんね。ジルは根っから明るくて、いいやつなんです。社交的で、人が好きで、誰とでもすぐに仲良くなる。そんな彼を鼻につくとか、嫌いだと言っていたはずの人間も、気が付けばあいつを好きになってしまう。俺とは違う、本当に気持ちのまっすぐな性格をしていて……だから、あまり親しくしてほしくなかった、かもしれません……あなたを、取られるような気がして」

「ルカ……」

リーゼロッテは驚いて上半身を起こし、そのままルカの丸まった背中に両腕を回した。

「ジルが素敵な人だというのは否定しないけれど、ルカだけが私の特別よ」

「……本当に？」

どこか拗ねた声色に、リーゼロッテはくすりと笑ってうなずく。

「本当です。私がキスしたいと思うのは、あなただけ」

すると彼はパッと体を起こして、リーゼロッテの頬を両手で包み込んだ。

「俺もです。俺が欲しいのは、あなただけだ。だから、絶対に俺より先に死なないでください。あなたの息が止まる最後の一瞬まで、ずっと俺を思っていてくださいね」

かすかに甘えを含んだ声でルカはささやき、そのまま唇を押し付け、ゆっくりとリーゼロッテをベッドに押し倒す。

俺より先に死ぬな、と言われて胸をときめかせる自分はおかしいのだろうか。

「リズ……」

彼の大きな手が、指の先が鎖骨のくぼみをなぞる。

「ルカ……？」

明日は夜明け前に浄化に行く予定のはずだ。だから今日は早めに休もうということになっていたはずなのだが――。

「リズ、ごめんなさい……少しだけ、あなたを感じたいのです」

ルカは甘やかにささやいて、リーゼロッテの首筋に唇を寄せる。

少しだけ――。

そう言って、夜ごと激しくリーゼロッテの体をむさぼるのがルカという男なので、本当にそうなるのかいたって怪しいが、リーゼロッテは惚れた男にめっぽう弱いので、結局拒むことはできないのだった。

深夜、煌々と月の輝く夜。ジルベールの案内で、リーゼロッテは瘴気が発生している森へと踏み入った。馬車は入れないので馬である。

「いい夜ね」

満月を見上げると、リーゼロッテの背後で手綱を持ったルカが、気遣うように耳元でささやく。

「寒くはありませんか?」

「ええ、大丈夫」

「でもやはり夜は冷えます」

ルカはリーゼロッテを己のマントの中に抱き込んでしまった。

(もう、過保護なんだから……)

だが好きな男に安心して身を任せられるのは、これほど心地いいとは思わなかった。彼に思いを伝えたからこその結果だろう。

それからしばらくして先頭のジルベールが振り返る。

「私たちが案内できるのはここまでになります」

どうやら瘴気が近いらしい。リーゼロッテはルカとともに馬を降りると、森の奥へと目を向けた。

今回はルカも一緒についてくることになった。精霊の加護があるルカも、リーゼロッテと同じく瘴気の影響を受けないのである。

「では、俺たちで行ってくる」

ルカは使用人からランプを受け取ると、リーゼロッテの手を引きながら歩き始める。

夜明けにはまだ数時間ほど時間がある。夜の森は静かだが、耳を澄ますと時折悲鳴のような声が聞こえた。

「なんだ……？」

それに気づいたルカが怪訝そうにあたりを見回したので、

「あれはトラツグミよ」

と、声をかけた。

「鳥、なのですか？」

「ええ。夜に森の中で鳴く鳥なの。体は黄色と黒の縞模様で、『ひぃ〜、ひぃ〜』って人みたいに鳴くから、昔は魔物だとかと間違われていたみたいね」

「そう、なのですか」

「ふふっ。あなたが知らないことを教えてあげるの、なんだか新鮮ね。気持ちがいいわ」

鳥を警戒したことで、恥ずかしそうに目を伏せるルカが面白くて、リーゼロッテはちょっぴり調子にのった。

するとルカは一瞬だけ目を見開いて、

「なるほど。では俺の気持ちがわかりましたか？」

と、ささやく。

「え？」

いったいなんのことかと首をかしげると、彼はふふっと笑って言葉を続ける。

「ほら。あなたは俺に組み敷かれている時、いつも言うでしょう。どうして、なぜ、そんなことするのって。昨日の夜も俺にあそこを舐められて、何度もイッて。俺はそういう時、何も知らないあなたが、かわいいなと思うし、いろいろ教えて差し上げたいなって思うんです」

「っ～～……！　もうっ！」

ルカの発言に頬に熱が集まる。今から瘴気を浄化しようかという時に、閨の話をするなんてどうかしている。言葉が出てこず、思わず彼の胸をばしんと叩くと、ルカは「アハハ！」と面白そうに笑った。

腹は立つが、彼の屈託（くったく）のない笑顔を見ると、一気に怒りはしぼんでしまう。

「ばかルカ！」

子供のような悪口を叫んで、ずんずんと先を歩いた。

「リズ、俺の先を歩くのはやめてください！」

ルカが慌てたようにリーゼロッテを追いかけてきて、背後から抱き寄せるが、無言で宙を見上げたまま固まっているリーゼロッテの目線を追いかけ、同じように息をのんだ。

「な……なんですか、あれは」

「瘴気よ」

リーゼロッテもゆるく息を吐きながら、天を見上げた。

そこには天にも届かんばかりの大きな大樹が、黒いモヤをまといそびえたっていたのである。

「――祈るわ」

「はい」

それまでふざけあっていたふたりからは、もう笑みは消えていた。ルカはリーゼロッテの背後からマントを脱がせて木の下に敷く。

リーゼロッテはそこに跪き、顔の前で指を絡ませる。

＊＊＊＊＊

ルカが彼女の祈りを見るのは、これが初めてではない。遠ざけられた時も、黙って彼女の祈りを離れた場所から見守っていた。

「夜の精霊フィン」

リーズロッテが呼びかけると同時に、彼女の前にハチワレの白黒猫が姿を現す。そのまま精霊はどんどんと形を変え、光り輝く魔力のかたまりへと変化した。

ふたりの間の言葉は、ふたりだけのものだ。誰にもわからない。だがフィンとリーゼロッテが魂で繋がり、大地から力を得て瘴気を癒しているのは感覚でわかる。

彼女はこの時はひとりの人間ではなく、自然の一部になっているのだ。

(普通の加護持ちは、あんな風に精霊をそばに侍らせたりはしない)

ルカはリーゼロッテの邪魔にならないよう、少し離れた場所で精霊と元皇女の交わりを見つめていた。

自分も六年前に死にかけた時、偶然精霊の加護を得たが、それっきり精霊との交流など一度もなかった。基本的に精霊はきまぐれで、人に関心を寄せないのである。

リーゼロッテはなにも特別なことだと思っていないようだが、フィンの存在自体が、まさに神の奇跡と呼べるような御業(みわざ)なのだ。

（おそらく姫様は、死後本物の聖女として名を残すだろう）

それどころか『神の灯火聖教会』は、帝国を浄化し終えたらその功績でもって彼女を正式な聖女に認定するかもしれない。そうなると結婚すら怪しくなる。

（彼女を救わなかった神になど、奪われてたまるものか……リーゼロッテは俺のものだ）

彼女の髪ひとすじ、爪のひとかけらだって、渡すつもりはない。

大きな光の輪の中で、精霊と交わるリーゼロッテを見つめながら、ルカは大樹を見上げる。

瘴気でかすんでよく見えないが、おそらく樹齢数百年はくだらないだろう。このロッカの地で、長い間帝国の繁栄を見つめ続けていたはずだ。

だが自然が破壊され、森から精霊が消えたことをきっかけに、瘴気に侵されて忌まわしい器になってしまった。

（お前は……俺と、一緒だな）

自分も、リーゼロッテに出会うまで、悪意をため込んだ器だった。

父と母に毒を流し込まれ続けた結果、いびつに歪み、けれど持ち前の器用さで、要領よく生きていただけで、また自分も悪意の泥を周囲に撒き続けた。

帝国を変えようと思ったのも、私利私欲のためで崇高な目的などみじんもなかった。

多くの人間をためらいなく裏切った。

たとえばルカを担ぎ上げた『反・貴族主義』を掲げたかつての仲間たち。彼らは新しい帝国でなんら重要な地位には就けなかった。

彼らは徒党をくんで『誰のおかげで皇帝になれたと思っているんだ！』とルカに迫ったが『俺はなにも持っていないのでお渡しできるものはありません』と、帝都からさっさと追い出した。

ルカが皇帝権限を手放した最大の理由は、彼らに銅貨一枚だってくれてやりたくなかったからである。

きっと彼らは、今でもルカを恨んでいることだろう。

(俺は、何も欲しくない。姫様だけが……リーゼロッテだけが、俺の唯一の価値あるものなんだ)

彼女が自分を愛してくれるから、自分にも生きる価値があると思える。

ルカはそばにある木の幹にもたれながら、相変わらず深く祈るリーゼロッテを見つめた。

彼女がルカを抱きしめ、口づけ、そしてあさましいルカの情欲を受け止めてくれるたび、夢ではないかと思う。

リーゼロッテは、ルカにとって星だ。光であり希望だ。

その輝きを見上げることも、恋焦がれて手を伸ばすのも自由だが、自分のような男が手に入れられると思ったことはなかった。

だから彼女の一番使える道具として、そばにいるしかないと考えたのだ。

(俺の星……俺の、姫様……)

なによりも愛おしい、ルカが初めて手にした宝物。絶対に、絶対に、手放すつもりはない。

(たとえどれだけ、精霊に愛されようとも……)

リーゼロッテの周囲からふっと光が消える。

精霊フィンが姿を消し、あたりに静寂が戻る。

彼女は目の前の大樹から瘴気が消えたことを確認すると、あたりをきょろきょろと見回す。そして少し離れた場所に立っていたルカを発見して、パッと笑顔になった。

「ルカ!」

その笑顔を見た時、ルカの心を渦巻いていた影はさっとなりを潜めてしまう。

ルカは小走りでリーゼロッテに駆け寄り、正面からぎゅうっと抱きしめていた。

「くっ……苦しい~……」

「すみません。でも許してください。どうしても、今あなたがここにいるって実感したいんです。無事ですね? どこも痛くありませんね?」

「もうっ……大丈夫よ」

リーゼロッテは仕方ないと言わんばかりにルカの背中に腕を回し、よしよしと子供にするように撫でる。

彼女がルカのさらけ出していない部分をすべて理解しているはずがないのだが、なぜかルカの切羽詰まったわがままはすべて受け止めようとするふしがある。

彼女は本物の聖女だ。

（そして、俺は瘴気だ。生きた、瘴気なんだ……）

彼女なしではまともに生きていけない。

＊＊＊＊＊

夜明け前、フィンとともに森を濁らせていた大樹の瘴気を浄化したリーゼロッテは、ウキウキしながらジルベールの屋敷へと戻った。

『たのしそうだなりず』

部屋に戻るや否や姿を現したフィンが、リーゼロッテに抱き上げられて目を細める。

「ジルとお茶会の約束をしたのよ」

『ほう。めずらしいこともあるものだ』

フィンはひょいっとリーゼロッテの腕の中から飛び降りると、ソファーの上で毛づくろいを始めた。

これまで浄化が終わればすぐに次の場所へと移動していたが、ロッカが最後の浄化だったので、もう急ぐ必要はない。

(帝都に戻れば今後のことを、考えなければならないのだけれど……)

ルカの妻になるということは、皇妃に即位するということだ。

帝国民に石を投げられ、追放された自分が、皇妃になる。

汚名はそそがれたとはいえ、自分が受けた仕打ちと恐怖が消えるわけではない。離宮でささやかに生きていただけの自分が、政治の道具として利用され、一度は死んだ。

今後、同じことが起きないと、なぜ言えるだろう。

五年の月日が経ち傷が癒えたと言っても、ふとした拍子に過去が目の前に迫って、リーゼロッテの心をすくませてしまう。

無言で唇を引き結んでいるリーゼロッテを見て、フィンがリーゼロッテのマントをコート掛けにかけているルカを振り返る。

『おい、なんとかしろ。つがいしっかくだぞ』

「――なにか悪口を言われている気がするな」

ルカはにゃーにゃーとうるさいフィンを無視して、リーゼロッテの顔を覗き込み優しい声でささやいた。

「ジルとの茶会まで少し時間があるでしょう。お休みになってはいかがですか?」

心配させたのだと気が付いて、リーゼロッテは慌てて笑顔を作った。

「じゃあ少しだけ、目を閉じようかしら」

リーゼロッテは寝椅子に腰を下ろし、ゆっくりと体を横たえる。

浄化自体はなんら体に負担があるわけではない。むしろ自然とひとつになる感覚は、リーゼロッテの心身を健やかにしてくれる。

なので今の疲れは、浄化があるとわかっていたのになかなか寝かせてくれなかったルカのせいなのだが、彼は逆にやたら元気になっていたので、いったいどういうことかと不思議になってくる。

(栄養を吸われているのかしら……いや、でも実際私のほうが彼のを受け止め……って、なにを考えているの！)

昨晩の淫らな行為を思い出し、慌てて目を閉じると同時に、体の上に薄い毛布がかけられた。

「ありがとう、ルカ」

「あなたの寝顔を見ているので、どうぞお構いなく」

冗談だと思うが、ルカの言うことなので本当かもしれない。

クスッと笑うと、ルカが優しくリーゼロッテの前髪を指で払いながら、額にキスをする。

「おやすみなさい、俺のリズ」

バタバタと廊下をせわしなく走る足音が聞こえる。何事かとぱちりと目を覚まして周囲を見回すが、部屋には誰にもいなかった。

「ルカ……？」

寝椅子から降りて、そうっとドアを開けて外の様子を窺うと、なにやらメイドたちが騒然とした様子で走り回っている。茶会の準備の割には、ずいぶん慌ただしい。予定外のなにかが起こっているのかもしれない。

「あの、なにかあったのですか？」

ちょうど目の前を歩いていた若いメイドに声をかけると、彼女は腕に新しい花瓶を抱えたまま、大きなため息をついた。

「モニク商会の会長夫妻が急にいらっしゃったんですよ～！　旦那はまだしも、奥様のほうが気難しい人だから、みんなピりついちゃって……！」

「モニク商会……？」

初めて聞く名だが、このバタバタ具合からして、ロッカでそれなりの立ち位置にいる商会なのだろう。となると、お茶会は中止かもしれない。

そうなのね、とうなずいたところで、メイドはリーゼロッテに気づいたようで、真っ青になって深々と頭を下げた。

「もっ、申し訳ございません!!　聖女様と直接口を利くなんてッ！」

「そんな、気になさらないで。私こそお仕事中に話しかけたりしてごめんなさい。教えてくださってありがとう」

にこ、と笑うとメイドは虚をつかれたように目を丸くして、それから耳まで真っ赤に染めると「ひゃあ！」と叫んだ後、「し、失礼いたしますっ！」と慌ただしくその場を立ち去ってしまった。

（驚かせてしまって申し訳なかったな……）

そんなことを考えて部屋に戻り落ち着かない気持ちでソファーに座っていると、今度は硬い表情のアルヴィンが部屋に戻ってきた。

「アルヴィン」

ひとり残されていた心細さも手伝って胸を撫でおろすが、彼は渋い表情のまま、リーゼロッテに歩み寄ってきた。

「リーゼロッテ様、申し訳ございません。お茶会は中止となってしまいました」

「ジルにお客様がいらっしゃったんでしょう？　私は大丈夫よ」

ロッカにはもう数日滞在することになっているので、茶会などまた次の機会で構わない。

そう思ったのだが――。

アルヴィンはその場に跪き、深々と頭を垂れる。

「来客はモニク商会長と奥様なのですが……、奥様は第二皇女のアグネス様でございます」

「えっ……」

第二皇女アグネス。

その名を聞いて、頭をガツンと殴られたような気がした。

八章　「過去との再会」

アグネス。その名を忘れるはずがない。リーゼロッテのひとつ年下の妹の名前だ。

彼女の母は皇妃で、バルテルスの皇女として華々しく社交界デビューもした、美しい少女だった。

唯一の女姉妹だったが、残念ながら彼女と親しく会話をした記憶はほぼない。

いつも多くの取り巻きに囲まれている彼女を、リーゼロッテは遠くから羨望の眼差しで見つめていただけだった。

「アグネス様は、モニク商会長夫人として、リーゼロッテ様に面会を申し出ております」

「私に面会……？」

アルヴィンの言葉に、心臓が跳ねる。

リーゼロッテの濡れ衣の中に、人の恋人や夫を寝取るというめちゃくちゃな言いがかりもあった。アグネスの婚約者である公爵令息もそのうちのひとりだったはずだ。

　皇族が追放されたのちは婚約も破棄されたはずだが、その後結婚して、今や商会長の夫人に収まっているらしい。

（私がアグネスの婚約者を……その、ね……寝取ったとか、昔はそういう噂をされていたらしいけれど……それでも私に会いたいって思ってくれるの？）

　心臓がどきん、どきんと鼓動を打っている。しばらく考え込んで、リーゼロッテは顔を上げた。

「……そうね。私も会ってみたいわ」

　するとアルヴィンは、気遣うように顔を上げる。

「陛下は、お断りしていいとおっしゃっておりました。その代わり自分が相手をすると」

　だからこの場にルカがいないのだろう。

　確かに、わざわざ皇帝が話をしてくれるのだ。リーゼロッテが出ていかなくても、お釣りがくるはずだ。

「ルカは、私を守ろうとしてくれるのね」

　リーゼロッテはふっと微笑んで、目を伏せる。

（この五年、私は一度死んだことで、あれはもう全部終わったことだと自分に言い聞かせて……ただ静かに生きていれば、嫌なことは目の前をすうっと通り過ぎて、傷つかずにすむって思い込もうとしてきた……）

だが、現実はそうではなかった。人はひとりでは生きてゆけず、心は揺れ続ける。決して、なかったことにはならないのである。

「過去は過去で、振り返ればそこにあるものよ。アグネスと会えば色々なことを思い出して、また傷つくかもしれないけれど……でも、同時に、アグネスと話すことで、五年前の自分と向き合えるかもしれない……だから、会うわ」

過去と向き合わなければ、いつまで経っても前を向けない。

ルカとの今後を考えるためにも、逃げるのはもうやめるのだ。

リーゼロッテは決意を秘めて、ゆっくりと立ち上がった。

＊＊＊＊＊

バルコニーから入ってくる風が、そよそよと吹き込み、さわやかな初夏の気配をすぐそこに感じるが、応接室の空気は重苦しい。

応接室のテーブルには、主人であるジルベール、ルカ、そしてテーブルを挟んだ向かいに、モニク商会長夫妻が座っている。

第二皇女アグネス。彼女はどんな女性だっただろうか。

ルカは己の記憶を頼りに、目の前で美しく微笑むアグネス・モニクを見つめる。

（ああ、そうだった……。リズのたったひとりの妹姫は、ロッカの最大勢力……モニク商会の会長夫人になっていたんだった）

この地に来る前、なにか忘れていた気がしてムズムズしていたが、どうやらこのことだったのだ。

（もっと早く思い出せていれば、リズと一緒に身を隠したものを……）

ルカは長い足を持て余すように組み、いらいらした様子でふたりを見つめる。

あからさまに不機嫌を隠さなかったし、なんなら空気を読んで帰ってほしかったのだが、

「まさかお姉さまに会いに来て、陛下に拝謁（はいえつ）できるなんて、思いませんでしたわ。ね、あなた」

アグネスはそれをものともせず、にこやかに笑みを浮かべ、紅茶のカップを持ち上げた。

不機嫌な皇帝を見ても汗ひとつかかない。さすがの胆力（たんりょく）としか言いようがない。

「あっ、ああ……そう……そうですね……まさか本当に陛下がいらっしゃるとは……」

そして彼女の隣では、大柄な男が大汗をかき、必死にハンカチでそれを押さえていた。

このいたって平凡な男がモニク商会の会長らしい。

ジルベールによると、妻を早くに亡くして男手ひとつで子供たちを育てていたらしいが、ある日突然、アグネスを妻として迎えたのだとか。

娘ほどの若い娘にのぼせ上がったとさんざん揶揄されたらしいが、アグネスの艶やかな黒髪に紫水晶の瞳は、確かに人目を引く。

リーゼロッテが春の女神なら、彼女は冬の女王と呼ぶにふさわしい美貌だ。

元皇女という申し分ない身分と美貌、その教養を手に入れられたのだから、のぼせ上がって当然だろう。なにより彼女の人脈は、ロッカの商会長夫人として最大の武器になったはずだ。

（追放された後は叔父の侯爵家で暮らしていたはずだが……その後、多くの求婚者の中から選んだのがこの男か）

人の好みにとやかく口を出すつもりはないし、そもそもルカの中ではリーゼロッテ以外の兄妹に価値はないので、正直どうでもいい。

だが仮にこの夫婦がかつての立場を使って、リーゼロッテを利用しようとするのなら、話は別だ。排除しなければならない。

（俺がここにいることは百も承知だったろうな）

公にしていないだけで、ルカがリーゼロッテの浄化の旅に付いて行っていることは、周知の事実だ。大商会を率いる彼らが知らないはずがない。

（目的は俺か、リズか……どちらかはわからないが、リズには近寄らせない）

それはジルベールも同じ気持ちなのだろう。

何の連絡もなく屋敷に押し掛けてきた無礼千万なこの夫婦に、眉一つ動かさず、

『聖女様は先ほど浄化を終えて、おやすみになったところだ。ご遠慮ください』

と、面会の申し出をにこやかに一蹴したのだった。

「お姉さまに会えないのは残念ですけれど、陛下とお会いできたのは僥倖でした」

アグネスはふふっと笑いながらカップに唇をつけ、それからルカの隣で黙り込んだままのジルベールに目を向ける。

「ねぇ、ジルベール。お姉さまが浄化を終えた森は、もう入れるの？」

「いえ……念のため、落ち着くまでは立ち入り禁止にしております」

「まぁ、もったいない！　今のロッカには噂が噂を呼んで、観光客が押し寄せているのよ。入場料を取って森くらい見せてやったらいいのに」

どこまで本気かわからない妻の発言に、隣の商会長がうっとりした表情でうなずいた。

「おぉ、アグネス……。お前は本当に賢くてしっかり者だね！　お前にはいつも助けられているよ」

さらにアグネスの白い手を取って、撫でさすり始める。

（なんだこいつ……）

自分だって人の目があろうがなかろうが、ところかまわずリーゼロッテにべたべたしているのを棚に上げうんざりしていると、開け放たれたドアの向こうから、

「お待たせしました」

と涼やかな声がした。

まさかと顔を上げると、なんとそこに身支度を整えたリーゼロッテが立っていたのである。

＊＊＊＊＊

「リズ……！」

茶会を終えて部屋に戻るや否や、ルカに正面から抱き寄せられる。

「相談もせずに、ごめんなさい」

リーゼロッテが謝罪の言葉を口にすると、彼は深いため息をつきながら首を振った。

「俺は確かに、かつての身内には金輪際関わってほしくないと思っていますが、あなたが決めたことをとやかくは言いませんよ。まぁ……それよりも驚いたのは、帝都での舞踏会のことです」

ルカはそこでいったん口ごもり、言葉を選びながらゆっくりと顔を覗き込む。

「舞踏会、本当にご参加いただけるのですか？」

「――ええ」

リーゼロッテはこくりとうなずき、ルカをしっかりした眼差しで見つめ返した。

先ほどの茶会で、アグネスが言ったのだ。

『帝都に戻ったら、お姉さまの浄化の旅の終わりを祝して、舞踏会が行われるはずでしょう？　そのためのドレスを、我が商会でご用意させていただけませんか？』

彼女たちの来訪の目的は、それだったらしい。確かに皇室御用達というブランドは、商売をやっていくにあたって大きなメリットだ。

だがそれはイコール、彼らとの関係がこれからも続く、ということになる。

それがわかっていて、リーゼロッテは間髪を容れず、『ぜひ』とうなずいた。

隣に座っていたルカは、その瞬間カップを落っことしそうなくらい驚いていた。

「舞踏会は多くの意味を持ちます。出席すれば、ただの祝賀の舞踏会ではなく、あなたを未来の皇妃としてお披露目する場にもなるでしょう」

「わかっているわ」

こくりとうなずいたが、ルカはまったく信じていないようで、

「本当に？　当初、夏が終わったらなんて言っていましたが、俺はもう……いつまでも待つつもりなんですよ」

と唇を震わせた。

「——俺はあなたに……嫌な思いをしてほしくないのです。ああ、そうだ……本当は、バ

ルテルスを滅ぼしてもいいと思っていた」

「ルカ……」

恐ろしいことを口走るルカに、リーゼロッテは唇を引き結ぶ。

「だって、そうでしょう？　五年前、国民はあなたを帝国から追放しておきながら、浄化の力があるからと手のひらを返し聖女として受け入れた」

ルカはその目に力を宿しながら、言葉を続ける。

「あなたの口から、この国のすべてを恨んでいると聞けば、俺はあなたの望みを叶えたはずです」

「そんなの……考えたことすらなかったわ」

「あなたは万事に執着がなさすぎる」

ルカは腹が立って仕方ないと言わんばかりに、息を吐いた。

彼はリーゼロッテのためなら、帝都を炎で包み込むことすら厭わないのかもしれない。

「私はそんなこと、望まない」

「――でしょうね」

少し不貞腐れたルカに苦笑しつつも、リーゼロッテは言葉を選びながら口を開く。

「これまで、過度の歓待は無用とずっと通してきたでしょう。道中に騒がれるのも嫌だったし……なにより私が怖かったのよ」

「怖かった？」

ルカが怪訝そうに顔を上げる。

「石を投げられて、お前は死んで当然の人間だって、また言われるような気がして。そんな私は、皇妃にはふさわしくないと思うから」

その瞬間、ルカの体が一回り大きくなったような気がした。

無言でも彼のまとう怒りが伝わってくるようで、慌てて首を振る。

「待って。続きを聞いて」

リーゼロッテははっきりとそう言い放ち、ルカの胸に手のひらをあてる。

「ルカ……私ね、自分に自信がないの」

「は？」

ルカは驚いたように目を見開いた。そして慌てたように、おどおどしつつもリーゼロッテの頬を両手で包み込む。

「俺はあなたのような人には、出会ったことがありません。唯一無二です」

「ルカ……」

彼の励ましがじんわりと心にしみるが、リーゼロッテは首を振り、自嘲する。

「でも私、誕生日に毒入りケーキを贈られて、ルカを、死なせかけたのよ？　浄化の力だって、たまたま精霊の加護を得ただけで、すごいのは精霊であって私じゃない。私自身は、どこにでもいる、なにか素晴らしいことをしたわけでもない、普通の女なのに……そんな女が、どうやったら自信なんて持てるっていうの……？」

「リズ……」

リーゼロッテの苦しげな告白に、ルカは唇を引き結んだ。

「あなたに自分の気持ちを伝えるのだって、本当に、大変だった」

おでこのあたりを、体当たりするように胸に押し付け、言葉を続ける。

「……素直になるって、一部の人間にはすっごく難しいの」

リーゼロッテは自嘲するように笑って、首を振った。

「自分の気持ちを迷うことなく打ち明けられる人はね、幼い頃にきちんと愛された記憶がある人だけなのよ。私みたいにビクビク生きていた人間は、なにかつまらないことを言ってがっかりされるくらいなら、自分が我慢するか、いっそ無視されたほうが傷つかない分、ずっとましだって、思うものなの」

物心ついたときにはすでに母はなく、小さな離宮に数人の侍女と暮らしているだけだった。

皇女であれば当たり前の教育も施されず、ただ人形のように生きてきた。他人との交流がなかったから、これが普通だと思っていた。

唯一の楽しみと言えば、遠くに住んでいる祖父からの手紙だけ。

自分以外の兄妹が、楽しそうにお茶会を開いているのを、遠くから指をくわえて見ているだけの孤独な少女だった。

ルカと過ごした二年がどれほどの宝物だったか、彼にはわからないだろう。

「そもそも私なんて、名ばかりの皇女だった。誰も私になんか、見向きもしなかったし……そんな私が、皇妃なんて無理に決まってるのに、ルカは、バルテルスの皇妃になれって言うし……」

リーゼロッテは何度か深呼吸を繰り返しながら、ゆっくりと言葉をつむぐ。

「いやだいやだって逃げてきたけど……でも、このままでいいわけないものね。だからルカのために頑張ろうと思う」

「リズ……」

「あなたを頑張る理由にしてごめんなさい。でも、私はルカのためならって思えば、やれると思うから」

そう、自分のためにはまったく頑張れないが、好きな人のためなら不思議と力が湧いてくる。彼の隣に立ち、皇帝であるルカの政治を支えることができるなら、やる価値はあるはずだ。

そこでリーゼロッテはゆっくりと息を吐き、顔を上げた。

「リズ……」

こちらを見つめるルカの深紅の瞳はなぜか潤んでいた。

この男は、リーゼロッテの前でだけはなぜか涙腺が緩むらしい。臣下の前では、眉間にしわを寄せて怖い顔ばかりしているのに。

手を伸ばして凛々しい眉を指でなぞり、それから頬を撫でると、ルカは何度か瞬きをしてそれから顔を寄せる。

「俺は、あなたに愛されているんですね……」

そう言う彼は、柔らかくてあっけなく崩れそうな大事なものを、いきなりむき身で手渡されたような、戸惑いの表情を浮かべていた。

だがリーゼロッテは彼を笑ったりしない。

自分もそうだから。

他人に愛された記憶が少なすぎて、美しくて優しいものに恐怖を覚えてしまう。自分はふさわしくないと逃げたくなる。いずれ失うくらいなら、いっそ手に入れない方がマシではないかとと思ってしまうくらいに。

リーゼロッテとルカはモノの考え方がまったく違うけれど、なぜかいびつに欠けた部分が、寄り添った時にピッタリハマるような感覚があるのだ。

だからリーゼロッテは、彼に思いを告げた時に、決めた。

自分の気持ちだけは、偽らないと。図々しく、好きだと言ってやろうと決意した。

「そうよ、ルカ。こんな臆病者の私を動かせるのは、あなただけなのよ。だから私を見守ってほしい」

それはリーゼロッテの決意宣言でもあった。

ルカは唇を震わせた後、感極まったように目を閉じ、それから頬を傾け、リーゼロッテに口づける。

「……姫様、愛しています」

「また、姫様って言った」

「つい、癖で……」

ルカはかすれた声でささやきつつ、熱い舌で唇を割りリーゼロッテの口内を味わい、唾液をすすり流し込んできた。

「愛しています、リズ」

ルカが舌を引き抜くと、腹の奥が熱くなる。

「あ……」

思わず声を上げたところで、

「――ベッドに行きましょう」

とルカがささやく。

勿論断る理由はない。こくりとうなずくと、ルカは軽々とリーゼロッテを抱き上げ、続き部屋のベッドへと向かったのだった。

帝都に向かう日の朝、ジルベールは馬車に乗り込む前のリーゼロッテの手を取り優雅に口づける。

「帝都でお会いできる日を楽しみにしています」

「は、はい……」

こういったことに不慣れなリーゼロッテは、思わず頬まで真っ赤になってしまったが、隣でルカが苦虫をかみつぶしたような顔をしているので、慌てて表情を引き締めた。

「やきもちだ！」

それを見たジルベールは大きな口で笑って、ルカはまた眉間の皺を深くしていたが、馬車に乗り込んだところで、ルカは無言で両腕を広げる。

「あなたは俺のものだと、確かめさせてください」

「はいはい……」

苦笑しつつ腰を浮かし、彼の腕の中に移動する。膝の上に座ると、彼は軽々とリーゼロッテを横抱きにして、鎖骨のあたりに顔をうずめ、すううっと息を吸い込んだ。

「なにをしているの？」

「吸っています。補給です」

「そう……」

あまり吸われたくはないが、彼が落ち着くならそれでいい。ついでに彼の頭をなでなでしていると、ふと彼の首の後ろのリボンに目が行った。

そういえば彼は、ずっと色褪せたリボンをつけている。艶かな黒髪をしているせいで、余計その古さが目立つ。なにかのおまじないかジンクスだろうか。

「リボン、新しいものに変えないの？」

何気なく手を伸ばしてそれに触れると、

「――これは、あなたが昔使っていたものなので」

と、ぽつりと言われて仰天した。

「えっ!?」

仰天したところで、彼はリーゼロッテの胸に頬を押し付けたまま、ちらりとこちらを見上げてきた。

「あの日、離宮は略奪の限りを尽くされカーテンすら盗まれていましたが、これだけは残っていたんです」

「そう、だったの……」

正直言って、昔自分が使っていたと言われても思い出せないくらいのシンプルなリボンだ。だがそれで誰の目を引くこともなく、放置されていたのだろう。

「それからお守りとして身に着けていました。もう俺の体の一部ですよ」

「──再会した日に教えてくれればよかったのに」

初日にその話を聞いていれば、もっと素直にルカと心を通わせようと思えたのではないだろうか。

思わず唇を引き結ぶと、ルカは怪訝そうに眉を顰める。

「あなたの持ち物を盗んだなんて、言えません。軽蔑されてしまうじゃないですか」

変なところが真面目でずれているが、これがルカ・クラウスという男たるゆえんなのだろう。面倒だなと思わないでもないが、自分だって人のことは言えないし、なにより惚れた弱みというか、自分のリボンが五年間ルカと一緒にいたと思えば、悪い気はしなかった。

そうやってしばらく抱き合ったり、いちゃいちゃしていると、車窓の外から、人々の大きな歓声が聞こえてきた。

「いったいなんの騒ぎ？」

「聖女の見送りに集まったのでしょう」

ルカがちらりとレースカーテンの裾を持ち上げて、外を覗き込む。

「私を……？」

「はい」

「……」

リーゼロッテは無言でルカの膝を降りて自らレースカーテンに手をかけた。

脳裏に五年前のできごとがよみがえる。

宮殿前の広場には多くの帝国民が集まっていて、リーゼロッテが姿を現すや否や、

『バルテルスの毒花！』

『死んで詫びろ！』

『帝国から消えてしまえ！』

と、罵詈雑言を浴びせ、石を投げつけたこと。あの日のことは五年経った今でも夢に見るし、忘れたことは一度もない。

(忘れさえすれば、なかったことになると思っていたのに……)

だが現実はそうではない。過去は過去として、今のリーゼロッテの中に確かに存在している。目を逸らし続けてもそれは決して消えて無くなりはしない。

(だから、しっかりしなきゃ……)

ルカとともに生きると決めた今、過去を怖がって逃げ回る自分にお別れすると決めたはずだ。

リーゼロッテは深呼吸を繰り返し、意を決して目隠しのレースを持ち上げる。そして全身を強張らせながら、窓の外に目を向けたのだった。

「あっ……！」

大きく取られた馬車の窓いっぱいに、沿道に並んだロッカの人たちが一斉に手を振る姿が映る。

彼らは手に花を持ち、

「聖女さまー！」

「リーゼロッテさま～！」

と叫びながら、馬車に向かって花を投げていた。

「……誰も、石を投げていないわ」

リーゼロッテがぽつりとつぶやくと、ルカが「そうですね」とうなずき、窓に手をかける。

「あなたのお顔を見せてあげてください」

「えっ」

「なにがあっても俺があなたを守りますので、安心してください」

そしてルカは、ニコッと笑って窓を開け放ってしまった。

「えっ、あっ、……もうっ……！」

リーゼロッテはアワアワしつつも、窓から顔をのぞかせる。

強い風が吹き込んで、リーゼロッテのストロベリーブロンドが風になびき、周囲に星屑のようなきらめきをこぼす。それを見た沿道の人々は、「うわぁ!!」と歓喜の声を上げ、おずおずとその顔を見せたリーゼロッテを発見し、また興奮したように手を叩いた。

「リーゼロッテ様だ！」

「聖女様がお顔を見せてくれたぞ！」

朝早いというのに、沿道にはリーゼロッテの顔を一目見たいと老いも若きも、老若男女が集まっていた。

「せいじょさまぁ～!!」

親に抱かれてこちらに向かってブンブンと手を振っている小さな子供を発見したリーゼロッテは、おずおずと手を振り返す。

するとまたそれを見た群衆が、わぁぁ!!　と大騒ぎだ。

「どっ、どうしよう、ルカ……！　なんだか騒ぎになっているわ！　どうしてみんな、こんなに集まっているの??」

心臓がドキドキして破裂しそうだ。

浅く呼吸を繰り返していると、ルカが笑って目を細める。

「あなたに、感謝しているのです」

「……感謝？」

「そうですよ。故郷を守ってくれたあなたにひとことお礼を伝えたくて、彼らはここに集まっているのでしょう。ただ、それだけです」

「そう、なのね……」

かつてのリーゼロッテは、感謝も非難も同じ熱狂としか受け取れず、恐怖を感じていた。

群衆の中にリーゼロッテに石を投げる人がいるような気がして、とても感謝を受け入れる気分ではなかった。

だが――。


「リーゼロッテ様、ありがとうございます!!」

「これで安心して暮らせるよ！」

「今度は遊びに来てください！」

口々にリーゼロッテに感謝の言葉を投げる彼らからは、微塵も悪意を感じなかった。

自分はいったい、なにに怯えていたのだろう。

五年前、自分ばかりが辛かったと思っていなかっただろうか。

(私は皇女に生まれて、確かにずっとひとりぼっちで寂しかったけれど……でも、生活に困ったことは一度もなかった。着るものだってあったし、毎日食後にお茶が飲めたわ。明日のごはんをどうしようなんて、考えたことは一度もなかった)

追放された後も、伯爵である祖父が尊敬される領主だったからこそ、フィドラーの森で穏やかに暮らせた。

だが彼らは違う。瘴気のせいでごく当たり前の日々の生活が脅かされていた。瘴気は生き死にかかわる、大きな問題だった。

「私に自信があってもなくても、関係なかったのね」

「リズ……？」

「そんなの、困っている人の前では、些細な問題だって、やっとわかった……ああ……時間がかかってしまったけれど」

　そしてリーゼロッテは背筋を伸ばし、ニコニコと微笑みながら窓の外に手を振る。

　それに気づいた群衆は、またはちきれんばかりの笑顔になって、手を叩き、花を撒いて歓声を上げた。

（私が皇女の身分にあぐらをかいていたのは事実で……民が生活に苦しんでいるなんて、帝都を追い出されたあの日まで一度だって考えもしなかった。私は石を投げた誰も、責められないんだわ）

　母親を早くに亡くし、父はすぐにリーゼロッテから興味を失った。小さな離宮から出られなかったし、誰も自分に、皇女としての振る舞いを教えてくれなかったけれど、やはりそんなことは関係ない。もっと外に興味を持つべきだったのだ。

　遅いかもしれないが、気づけてよかったと心から思う。

「ルカ、ありがとう。今からでもまだ遅くはないわよね」

「――はい」

隣に座っていたルカは、リーゼロッテの心のうちを理解したのだろう。手を伸ばしてリーゼロッテの手をぎゅっと握りしめる。

その手のぬくもりは確かに今ここにあるもので、リーゼロッテの背筋を伸ばす力をくれる。

リーゼロッテは小さくうなずくと、精いっぱいの笑顔を浮かべて、いつまでもいつまでも、ロッカの領民たちに手を振ったのだった。


そうして、長い浄化の旅を終え帝都に着いたのは、ロッカを出て五日後の深夜二時を回ってのことだった。

出迎えの騎士や文官たちは、数百人はいるのではないだろうか。寝ずに馬車の到着を待っていたらしい。

馬車から降りてルカとともにエントランスに足を踏み入れると、全員がホッとしたような顔をしてこちらを見つめる。

「迎えはいらないと伝えていたはずなんですが」

ルカが申し訳なさそうに耳元でささやく。

「ううん、いいのよ」

そうは言っても、さすがに皇帝の帰還を出迎えないわけにはいかないだろう。

リーゼロッテは首を振って、改めて臣下たちを見つめた。

（こんなにたくさん、いるのね……）

出発前のリーゼロッテなら、視線に耐えられず、フードをかぶったままそそくさと彼らの前を通り過ぎただろう。だが旅を終えてリーゼロッテは腹をくくった。

たとえ自分に自信がなくとも、大した人間ではないとわかっていても、やれることがあるのなら、精いっぱい力を尽くすと決めた。

変わろうと思ってすぐに変われるものではないが、行動することは無駄ではないはずだ。

そして人としての成長は、未来は、日々の積み重ねにあるものだとも思う。

リーゼロッテはゆっくりと深呼吸を繰り返すと、エントランスに跪いている臣下たちの前で立ち止まり、かぶってたフードを下ろして周囲を見回した。

「皆さま、ただいま戻りました。遅くまでご苦労様です」

リーゼロッテのその発言に、臣下たちは驚いたように顔を上げお互いに目配せをした。

まさか声を掛けられるとは思っていなかったのだろう。

リーゼロッテは慣れないことをしていることが少々恥ずかしく、また人々の視線を感じて、頬に熱が集まっているのがわかったが、それでもなんともないふりをして言葉を続けた。

「生まれて十七年間、宮殿を出たことがなかった私が、二十二になって生まれて初めて旅をしました。私にとっては途方もなく長い旅でした。ですが、これでも帝国の隅から隅まで見て回ったわけではありません。あくまでも私が浄化したのは、人が多く急を要する場所だけで……。それでも、帝国内を巡回して、多くの民が苦しんでいることを知りました」

リーゼロッテの声は、決して派手ではないが涼やかで、不思議と耳に馴染む響きがあった。

「瘴気は確かに我らに害をなしますが、元来人を害するために発生しているものではありません。そして私ひとりが浄化をして、どうにかできる問題ではないのです。皆さんの協力がなければ、瘴気はまたすぐに発生するでしょう。新しいバルテルスが立ち直れるよう、私と同じ、陛下の臣下として、皆さんの御力を私に貸してください」

そしてリーゼロッテは、シンプルなマントを指先でつまみ、優雅に一礼したのだった。

「……リーゼロッテ様」

「私たちに、頭を下げられたぞ……」

臣下たちはリーゼロッテの言葉を聞いて、ぼそぼそとささやきあうが、悪い空気は感じなかった。

そもそも、この場に集まった臣下たちは、派閥や血筋がそれぞれ違って決して一枚岩ではなかったが、帝国がこのまま滅んでほしいなどと思っている者は、ひとりもいないのである。

　そこで、それまで黙ってリーゼロッテの隣に立っていたルカが、一歩前に出て声を上げた。

「お前たちは、リーゼロッテ様の御心に添えるか！　彼女の手足となり、故郷を守れるのか！　我こそはという者は、立ち上がれ！」

　エントランスに凛と響くルカの声に、いても立ってもいられなくなったらしい青年文官たちが、弾けるように立ち上がった。

「わ、私たちの故郷は、私たちが護るべきです！」

「そうです！　リーゼロッテ様、どうぞ陛下とともに、帝国をお導きください！　どこまでも付いていきますっ！」

　文官や騎士たちが、我先にと立ち上がって、叫び始める。

「ルカ様！」

「リーゼロッテ様！」

「ルカ様、リーゼロッテ様、万歳！」

「新しきバルテルス帝国に栄光あれ！」

　彼らは感極まったように叫び、うぉーっと拳を振り上げて、手が真っ赤になるまで拍手をする。

勿論、まだなにも始まっていない。大変なのはこれからだ。わかっているが、受け入れられたという空気が今は嬉しい。

リーゼロッテがほっと胸を撫でおろしたところで、ルカがリーゼロッテの肩を抱き、引き寄せる。

「まず、一歩です」

「ルカ……ええ、そうね」

ルカとリーゼロッテを中心にした熱狂の輪は、いつまでも冷めることがなかったのだった。


それからリーゼロッテとルカは、精力的に瘴気解消のための環境保全や都市計画を進めた。身分にかかわりなく、多くの人を宮殿に招いて話をしていると、当たり前だが文官や騎士たちにも顔見知りが増え、自然に話ができるようになった。

最初は遠慮がちだった彼らも、リーゼロッテと同じ地図を覗き込むうちに、親しい気持ちになってくれたようで、ぴりついた空気はかなり減ったように思う。それとよくフィンが顔を出してくれるのも、よかったのかもしれない。

普通の猫のふりをして愛想を振りまき、ごろにゃんと腹を見せて誰でも気安く撫でさせてくれるフィンは、あっという間に人気者になって、ちやほやされるようになった。

『にんげんはねこのすがたであればなんでもいうことをきくな』

『よろこんでげぼくになっているぞ』

と、ふさふさの尻尾を振り回しながら、宮殿で働く者たちから、おやつを巻き上げる日々である。

その一方で、ルカはリーゼロッテがほかの男の名前を呼ぶだけで内心激しく嫉妬しているようで、夜は一層リーゼロッテに執着し、最中に自分の名前を呼ばせたがるようになった。

『俺の名前を呼んでください、リズ』

『愛していると言ってください』

『ほら、言って』

口調はあくまで優しいのだが、彼のそそり立った屹立で激しく突き上げられては、名前を呼ぶのも難しく、ルカの裸の背中に引っかき傷を残すばかりで。

事後、息も絶え絶えのリーゼロッテに果実がたっぷり入った氷水を口移しで飲ませながら、

『どうして言ってくれないんですか？　俺に意地悪をしているんですか？』

と悲しげに眉を下げるので、リーゼロッテは『ごめんなさい』と、悪くもないのに謝ってしまった。

（でも、ルカがなんでも口に出して言ってくれるようになったから……それは嬉しいな）

確かにたまにおかしなことを言われている、とも思うが、リーゼロッテのためだと自分を偽られるより、ずっとよかった。

そんな日々が続いたある日の午後――。

「リーゼロッテ様、モニク商会のアグネス会長夫人がご挨拶に、と参っております。いかがいたしますか？」

本を読んでいたリーゼロッテのもとに、女官から声がかかる。

「アグネスが……？」

帝都に帰ってからかれこれ十日以上経っている。ずっとバタバタしていたが、ようやく落ち着いた頃合いだ。

「お通しして」

「かしこまりました」

女官が戻ってからしばらくして、豪華な深紅のドレスに身を包んだアグネスが姿を現した。薔薇のようなドレスは、彼女の白い肌によく似合って眩しいくらい美しい。

「お姉さま、お久しぶりでございます」

「アグネス、久しぶりね。来てくれてありがとう。よかったら中庭でお茶を飲まない？風が通って涼しいの」

「ええ、ぜひ」

リーゼロッテはアグネスと連れ立って、ルカが丹精込めて作らせた薔薇の庭へとバルコニーから移動する。

「六年ぶりに宮殿に足を踏み入れましたが、ずいぶん雰囲気が変わりましたね」

薔薇園を見回しながら、アグネスが少しまぶしそうに目を細める。

緑が生い茂る庭も、さわやかな風も、生まれてからずっと住んでいたはずなのに、違う景色に感じるのだろう。

「そうね。私も驚きました」

以前のバルテルス宮はどこもしんと静まり返っていて、冷たい雰囲気だった。だが今は違う。五年前の混乱時に、職を失った平民を多く招き入れて、さまざまな仕事を与え、宿舎を作り、家のないものはそこに住まわせているという。人の活気で明るいのだ。

「陛下は、本当にお姉さまを大事に思っていらっしゃるのね」

アグネスはうふふと笑いながら紅茶のカップを優雅につまみ、唇を寄せる。

「え……？」

「モニク商会で扱わせていただく、お姉さまのドレスです。ご自分の資産から用意するから、お金に糸目はつけなくていいとおっしゃって……うらやましいわ」

アグネスは嫣然と微笑んだが、まさか自分のドレスがルカの資産から作られると聞いたリーゼロッテは、おろおろしてしまった。

（ルカの個人資産？　いやでも確かに虚空からドレスは出てこないし、税金を使うと言われるよりは全然いいのだけれど……でも、あまりドレスにお金をかけられるのは、困る、かもしれない……）

フィドラーの森から帝都に招かれたときにも、クローゼットには大量のドレスがおさめられていた。今さらだが、あれもルカが個人的に用意したもの、ということなのだろうか。

「アグネス、ほどほどでいいわ。そんな豪華なものは必要ありません」

「あら、お姉さま。お姉さまのお披露目なんですから、そうはいきませんよ。他国の使者もいらっしゃるし、帝国の威信がかかっています」

「そ……そうなのね」

そう言われれば、確かに一理あるかもしれない。普段のデイドレスならまだしも、お披露目の舞踏会で着るものなのだ。

「ね、お姉さま。私にまかせてちょうだいな」

アグネスに何度も言われて、リーゼロッテは「わかったわ」とうなずいた。

それから他愛もない会話をして、日が陰り始める。

「アグネス、ごめんなさい。そろそろルカが公務から戻ってくると思うから……」

当たり前といえばそうなのだが、帝都に戻ってきてからのルカは睡眠時間を削って公務を行っている。執務室には、大げさでもなんでもなく、彼の身長より高い書類が積み上がっているのだ。

「そうなの？　じゃあ私もご一緒していいかしら」

「えっ」

「お姉さまのドレスのデザインを決めたいの。陛下の好みを知りたいってだけ。ね、いいでしょう？」

アグネスは鳥の羽のように長いまつ毛を瞬かせながら、そっとリーゼロッテの手を取る。そのしっとりと柔らかい感触に、彼女は皇女でなくなった今でも変わっていないと、気づかされた気がした。アグネスはたとえ身分が変わっても、アグネスである、と。

「そうね……あなたがせっかく作ってくれるんだものね」

と、うなずいた次の瞬間、

『ふにゃあああああ!!!!』

大きな声を上げながらフィンがテーブルの上に飛び乗ってきた。

そしてぼとり、とアグネスの目の前に、なにかひものようなものを放り投げたのである。

「っ、きゃあああああ!!　蛇ッ!!」

アグネスはそれを見た瞬間、椅子から跳ねるように飛び上がり、それから「いやっ、なんなの！　この汚い猫はッ！」と叫びながら持っていた扇でフィンを叩こうと腕を振り上げる。

「あっ、待ってアグネス……！」

慌ててそれを止めようと立ち上がった瞬間、背後からアグネスの手首をつかんだ人がいた。

「その猫はリズの友人だ」

「ルカ……！」

そう、アグネスを止めたのは、公務を終えたルカだった。目の下にうっすらと隈があり、疲労困憊なのが見て取れる。

「友人ってっ……これが!?」

アグネスは心底汚らわしいという表情で、テーブルの上で毛づくろいしているフィンを見下ろし、わなわなと体を震わせる。

「ごめんなさい、アグネス！　フィン、どうして蛇なんか持ってきたの？」

リーゼロッテは慌てつつフィンを抱き上げて、顔を覗き込む。

普段の彼なら絶対にやらないことだ。なぜこんなことをしたのか、意味がわからない。

ところが彼は金色の瞳をキラキラと輝かせて、

『にゃーん』

と甘えた声を上げるだけで、どこからどう見てもただの猫である。

「お姉さま、畜生に言葉なんて通じるはずないでしょう！」

アグネスは真っ青な顔をして、テーブルから距離を取った。

「ち、ちくしょう……って。フィンは――」

「猫が蛇を贈るのは、最大の好意だ。アグネス、許してやれ」

ルカが遮るようにそう低い声で言い放ち、テーブルの上の蛇をつかむと、ひょいと遠くに放り投げてしまった。

「へ……陛下がそうおっしゃるなら」

アグネスは白いハンカチで口元を覆い、うなずく。

そしてすっかり気がそがれたのか、「今日はもう、失礼いたしますわ。ごきげんよう」と、さっさと帰って行ってしまった。

（アグネス……）

いきなり蛇を投げつけられたら、誰だって気分を害するはずだ。

申し訳ないと思いつつ、ルカを見上げる。

「なぜフィンのことを普通の猫のように言ったの？」

「そのほうがいいと思ったからですよ、リズ」

ルカはそう言ってニコッと笑うと、それからリーゼロッテの腕の中でごろごろと喉を鳴らしているフィンをちらりと見下ろす。

「こいつも同じでしょう」

「どういうこと?」

ルカとフィンの顔を交互に見比べたが、ふたりはそれ以上なにも言わなかった。

(なんだか隠し事をされている気がするわ……)

だが彼らが何を考えてこのような態度をとったのか、その些細な違和感を言語化できる気がしない。

「ふたりのことだから、私のためを思ってくれたんでしょうけど……アグネスは私のたったひとりの妹だし、できたら仲良くしたいのよ」

リーゼロッテの言葉に、ルカがかすかに眉を吊り上げながら、

「それはあちら次第です」

と低い声でつぶやく。

『みぎにおなじ』

腕の中のフィンも、真顔で言い放った。

ちっとも心がこもっていない。明らかにその気がゼロだ。

「もうっ……こういう時だけ、仲良しになるんだから……」

言葉が通じないくせになぜかやいやいと言い合っているふたりが、息ぴったりなのが不可解だったが、同時に大好きなふたりが仲がいいのは少しくすぐったい気持ちにもなる。

（ふたりはアグネスのことが、気に入らないのかしら……）

ルカがリーゼロッテの兄妹をよく思っていないのは知っているが、アグネスはもう皇女ではない。大商会を率いる男の妻である。リーゼロッテとの間に問題など起きるはずがない。

なぜあんな態度をとったのか。いろんなことを考えながらルカを見上げたが、やはり彼はリーゼロッテの質問に答えるつもりはないようだ。

「リズ、部屋に戻りましょう。冷えますよ」

「はぁい……」

リーゼロッテはフィンを腕に抱いたまま、ルカに肩を抱かれて中庭を後にしたのだった。

九章　「心のままに」

それからアグネスはちょこちょこと、リーゼロッテに会いに来た。

最初は会話ひとつとっても緊張していたリーゼロッテだが、華やかな人生を送ってきたアグネスの話は面白く刺激に満ちていて、気が付けば彼女の周りにはいつも多くの人が集まっていた。

また彼女は宮殿に来るたび、リーゼロッテの周囲の女官や侍女たちに、レースのハンカチや珍しい菓子などを配り、周囲を喜ばせた。そしていつの間にか、アグネスは昔と同じように、人の輪の中心になっていたのだ。

今日もまた広い応接室で、ドレス用の布を広げている彼女の前に人々が集まっている。

「昨今のモードの最先端は、やはり帝都で一番のモード商、ミシェル・リリーですわ。彼女の作るドレスは、これまでに見たことのないようなもので、本当に素晴らしいの」

「では聖女様のドレスも、ミシェル・リリーが？」

おずおずと尋ねる女官に、アグネスはしっかりとうなずいた。

「ええ、そうよ。彼女は私の友人ですからね。お姉さまのために、誰よりも素晴らしいドレスを作ると、約束してくれたわ」

「まぁっ、素敵！　いったいどんなドレスができ上がるんでしょう！」

「きっと見たこともない素晴らしいものよ！」

女官たちはきゃあきゃあと黄色い声を上げて、ああでもない、こうでもないと頬を薔薇色に染めながら、テーブルに集まっていた。

（皇女時代、アグネスは社交界の華だった……みんな、彼女の周りに集まって……彼女を好きになって……）

それを遠くから見ていた幼い頃の自分を思い出し、胸がきゅっと締め付けられる。

リーゼロッテは無性に居たたまれない気分になって、そっと立ち上がり逃げるようにテーブルを離れていた。

「はぁ……」

長い石畳の廊下で、柱にもたれかかり庭を見つめる。ルカがリーゼロッテのために作ってくれた、美しい薔薇の庭だ。夏の盛りで青々とした葉はとても美しいのに、今は素直に心に届かない。

（アグネスはすごいな……私、本当になにも知らなくて……）

いつもひとりでやってくるアグネスに、夫を放っておいていいのかと尋ねると、

「夫はロッカで、私は帝都で、仕事をしているだけですわ」

と言われて、仰天したのは数日前のことだった。

自立して働いているというアグネスの言葉に、リーゼロッテは横っ面を張り倒されたような気分になった。

彼女に比べたら、自分はどうだ。変わろう、変わりたい、と思って少しずつ行動しているつもりだが、二十二年間、世間知らずで人付き合いというのをまともにしたことがないリーゼロッテには、すべてが手探りで、ゆっくりだ。

社交の場では皇妃のほうがずっと周囲に気を配らなければならないというのに、こんなことで大丈夫なのだろうか。

「……恥ずかしいなぁ」

やっぱり自分には無理なのかもしれない。

ぽつりとつぶやいたところで、

「お姉さま」

と肩を叩かれた。驚いて振り返ると、アグネスがニコニコして立っていた。

「どうなさったの。急に姿が見えなくなったからびっくりしたわ」

「あ……アグネス。ごめんなさい」

笑ってごまかしたところで、彼女はゆっくりとリーゼロッテの顔を覗き込む。

「お姉さまって、聖女になっても、陛下に愛されても、相変わらずなのね」

「え……？」

いったいなんのことなのかと目をぱちくりさせると、アグネスはリーゼロッテのストロベリーブロンドを優しく指ですきながら、言葉を続ける。

「その怯えた態度。柱の陰に隠れて、モノ欲しそうにこちらを見ていたことを思い出しましたわ」

「ッ……」

その瞬間、頬にカッと熱が集まった。

言葉を失って凍り付くリーゼロッテを見て、アグネスは扇で口元を覆いながら、甘くしっとりした声でささやいた。

「でも責めたりしませんわ。お姉さまはなんにも知らないんですものね。仕方ありませんん」

「仕方……ない？」

「ええ。ですからいっそすべて私にお任せくださっていいんですよ。そうそう、私に全部、くださいませ。皇妃として見事に采配を振ってみせますわ」

「……」

言葉を失い、震えているリーゼロッテをじいっと見つめ、アグネスはすうっと真顔になった後、はぁとため息をついた。

「やっぱりお姉さまって、昔と同じね。なにも変わって――」

「だめよ……！」

アグネスの言葉を遮るように、リーゼロッテは声を上げていた。

心臓がドキドキと鼓動を打っている。緊張で喉がからからになって、目の前に星が散っているような錯覚を覚える。

まずなにより大きな声を出した自分にビックリした。

頭で考えるよりも早く、反射的な行動だったが、もう止められない。

リーゼロッテは震えながらも、必死に声を絞り出す。

「アグネス……今のはとても驚いたけど、そうね……あなたならきっと、うまくやるでしょう。あなたなら、自分が兄妹でただひとり、仲間外れにされているとわかっていても、気づかないふりをして兄妹の輪に入っていけたでしょう。私にはできないこと、あなたならきっと、たくさんできると思う……」

悲しいかな、それは事実だ。自分はぼんやりしているし、万事がゆっくりだ。頭の回転がとても速いとは言えないし、アグネスのようにはなれない。わかっている。

あひるに生まれついた自分はどうやっても白鳥にはなれない。

だがもう自分を理由にして、諦めるのも流されるのもやめたのだ。

「――よくわかっていらっしゃるじゃないの、お姉さま」

アグネスは上品に微笑み、リーゼロッテを見下ろす。

リーゼロッテはすうっと息を吸い込み、はっきりと言い放った。

「でも、ルカの隣は渡せない」

「ふさわしくないのに？」

「だから……あの人の隣に立つためなら、頑張るわ」

そう言った瞬間、アグネスはがっかりしたように肩をすくめる。

「頑張るってなんです？　精神論ではなにも状況は変わりませんことよ」

次の瞬間、リーゼロッテはアグネスの手首をつかみ、無言で彼女に迫っていた。

いきなり距離を詰められたアグネスが、さすがに驚き目を丸くする。

「な、なんですか？」

「だから、あなたに、私の先生になってほしい」

「――は？」

それはまさに青天の霹靂としか言いようのない表情だった。

「アグネス、あなたは強い人だわ。身分を失っても、自分の力で自分の居場所を作る、自分の足で立てる人。本当にすごいと思う。私は、そんなあなたを心から尊敬します。だから……私が立派な皇妃になれるよう、先生になってほしいの。もちろん対価も支払うわ。その……ルカ以外で、あと、私がどうにかできる範囲でお願いしたいのだけれど」

リーゼロッテのストロベリーブロンドが、風に揺れてキラキラと輝く。

アグネスの目に、自分はどう映っているのだろう。

相変わらず愚かで臆病者の姉だろうか。

(でも、それは事実だわ)

リーゼロッテはつかんでいた手首を離し、深々と妹に向かって頭を下げる。

こんな場面を誰かに見られたら、笑われるに決まっている。

だがリーゼロッテは、そんな自分をちっとも恥ずかしいとは思わなかった。

帝都を追放されてから五年が経つ。

プライドなどとうに、捨てているのだから……!

「お願いします。私の先生になってください」

そうだ。今は学びの時だ。二十二年間、空っぽに生きていた人形である自分がルカの隣に並び立つには、必死になって学ぶしかない。恥ずかしいと逃げていては、何もならない。

今まで受け入れられず、目を逸らして逃げてきたことを、正面から受け止めて、こつこつと努力を重ねて力にするしかないのである。

「――」

それからどれくらい時間が経ったただろう。リーゼロッテは無限の時の流れを感じたが、時間にすればほんの数秒程度のことだったのかもしれない。

アグネスは頭を下げ続けるリーゼロッテを見てしばらくの間立ち尽くしていたが、ややあって毒気を抜かれたようにため息をついた。

「誰かに見られたら、私がお姉さまをいじめているみたいに見えますわ」

「えっ、そんなつもりはないのだけれど！」

「見えるんです。ただでさえ私は威圧的な顔をしているので」

慌てて顔を上げると、彼女は瞳を細めながらつん、と顎先を持ち上げる。

「――仕方ありませんわね。お姉さまのお申し出、謹んでお受けします。元皇女でモニク商会長の妻の授業料。高くつきますわよ」

「アグネス！」

その瞬間、胸がじーんと温かくなって、リーゼロッテはそのまま跳ねるようにすらりと背の高いアグネスに飛びついていた。

「アグネス、ありがとう！　本当に、ありがとう！」

彼女は断ることができた。リーゼロッテに恥をかかせることだって、できたはずだ。

リーゼロッテの瞳から、ぽろぽろと涙がこぼれる。

涙が深紅のドレスの色を、いっそう濃くする。

アグネスは「いきなり抱き着くなんて、礼儀がなっていませんわ」とつぶやきはしたが、結局軽く肩をすくめるだけで、マナー違反の姉を突き飛ばそうとはしなかったのだった。

＊＊＊＊＊

そんな元皇女のふたりのやりとりを、少し離れた遠くから見つめていた、ひとりと一匹の影があった。

「どうやら、心配は無用だったようだな」

なにかあれば飛び出していくつもりだったが、その必要はないようだ。

『しょうじきごぶごぶだったぞ。あのおんなにはまちがいなくやしんがあった。もえるようなやしん。それをどたんばでかえたのはりずだ』

同じ考えだったもう一匹も、ルカの足元でゆっくりと伸びをする。

「彼女が自分自身を、何も持たない女だと思っているのが歯がゆいが、俺を飼いならした彼女が、そんじょそこらにいる平凡な女のはずがないだろう」

『そうだなおれもりずをあいしてる。しんだらたましいをおれのものにする』

「なにか今、受け入れがたいことを言われた気がするが、俺の勘違いだろうな。彼女は頭のてっぺんからつま先まですべて俺のものだ。死んだ後も、全部、俺のものだ」

フィンとルカの間には契約がないので意思の疎通はできない。

微妙に会話がかみ合っているのは、同じひとりの人間を愛する者同士、通じるものがあるのかもしれない。

それを聞いたフィンは立派な尻尾をぴんと伸ばしながら、

『おまえならほんとうにたましいまでうばいかねん』

『いきすぎたあいはのろいでもあるのだぞ』

と呆れつつ、その場を去っていった。

「リズ……」

ルカはひとり柱にもたれながら、妹に抱き着いているリーゼロッテの背中を見つめる。

ルカにとって彼女は特別な女性だが、そもそも特別でないと愛されないなんて、おかしな話だとも思う。正直今すぐ彼女から精霊の力が消え去ったとしても、ルカはまったく構わないし、むしろなくなってほしいとすら思っている。

ただひとりの男と女として、地位やしがらみを捨てて愛し合えたらどれほどいいか。

(たとえば……あの猫を殺したら、そうなるか？)

日の高いうちに、偉大なる夜の精霊を殺すことはできないだろうか。

そんなことを考えていると背筋にぞくりと刺すような視線を感じる。

振り返らなくてもわかる。フィンだ。おそらく人間の考えることなど、すべてお見通しなのだろう。

彼らは自然の一部であり、世界を構成する強大な力なのだから。

「ちょっと考えただけだろ」

体の前で組んでいた腕をほどき、ひらひらと振ると、殺意はふっと霧のように消えてしまった。

『ちのにおいがするぞ』

『きをつけろ』

それからにゃーお、と一鳴きし、今度こそフィンは完全に姿を消した。

なにを言われたかはわからないが、なんとなく胸騒ぎがする。

(俺がここに来る前に、なにをしていたか気づいたのか？)

相手は精霊だ。人とは違う倫理観を持っているので、リーゼロッテに漏れるとは思えないが、用心しなければならない。

そうこうしているうちに、気が付けば視界からリーゼロッテとアグネスは消えていた。

(彼女に会う前に、湯を浴びるか)

だがどうにも億劫で動けない。体が重いし、内臓が焼けるように痛い。

もう少しひとりの時間が必要なのかもしれない。

胃のあたりを押さえ、それからしばらく、柱にもたれたままぼんやりと考え事をしていると、

「——ルカ、ここにいたのね！」

リーゼロッテが慌てたように走ってくるのが見えた。

「リズ……」

正直、彼女にはもう少し後で会いたかった。だがもう仕方ない。

慌てて表情を取り繕い、彼女のために両腕を広げる。

リズは相変わらず、おずおずとルカの腕の中にそうっと身を寄せて、それから安心したように背中に腕を回す。

「あのね……事後報告でごめんなさい。さっきまでアグネスと話していたのだけれど、私、彼女に先生になってくれるよう頼んだの」

「先生？」

ふたりのやり取りを見ていたので内容は知っているが、知らないふりをして首をかしげる。

「ええ、そうよ。今から皇妃教育をしようと思って。遅いのは百も承知だけど……アグネスはとても厳しい人だから、きっと私をどこに出しても恥ずかしくないような淑女にしてくれると思うわ」

「――」

「だから、待っていてね」

彼女は穏やかに微笑んで、目を伏せる。

リズが自分のために頑張ろうとしてくれている。ただそれだけでルカは気が狂うほど嬉しくなる。

結果はどうあれ、待てと言われるならいつまでも待つつもりだった。この五年を思えば、大した問題ではない。

「――はい」

それからしばらくして、リーゼロッテがぽつりとつぶやく。

「ねぇ、ルカっていつもいい匂いがするけれど、なんの香水を使っているの？」

「……侍従が用意するものを適当に、ですよ」

「そうなんだ。あなたからはたまに、ほかで嗅いだことがないような香りがするのよね。ルカの匂いなのかしら」

リーゼロッテはそんなことをつぶやきながら、目を閉じる。

（もしかして……血の匂いが落ちていないのか……？）

困ったなと思いながら、ルカは彼女の丸い後頭部を撫でつつ、ぼんやりと空を見上げた。

一時間ほど前――。

ルカは父の同輩である『反貴族主義』の人間を郊外の別宅に集めて、ワイングラスを傾けていた。

「おめでとうございます、陛下！　これで帝国中の瘴気は消え、さらなる発展が望めるでしょう！　やはりあなたを見出した私たちの目に、狂いはなかった！」

長テーブルに、二十人ほどの男女が入り混じり座って浮かれたように歓談していた。

テーブルの上には彼の瞳とよく似た深紅のワインがなみなみと注がれて、各自ナッツやフルーツをつまみながら、上機嫌にグラスを重ねている。

ルカは微笑みながらワインを口に含み、長い足を組んで頬杖をつく。

「ありがとうございます。皆さんのおかげで、私もおおよその目的を達成することができました」

「うむ……お前の父親では到底なしえなかった偉業だ」

ルカの斜め前に座った老人が、しみじみとうなずき、それからどこか下品な笑みを浮かべた。

「では、こうやってかつての同士を集めた理由を聞かせてもらおうか」

「ようやく我らに、目に見える形で報いる気になったのか？」

臣下の態度を崩した彼らに向かって、ルカはその言葉にふっと微笑みを浮かべる。

「――五年前にもお伝えしたように、私はほとんどの皇帝権限を手放しているので、皆さんに官職を与えたり、領地を授けることはできません」

それを聞いた男たちは、一気に憮然とした態度でふんぞり返る。

「だったら、なぜここに呼んだんだ！　金貨一袋でも土産に持たせるべきだろう！」

「そうだ、誰のおかげで皇帝になれたと思っているんだ!?」

貴族たちは一気に不機嫌になり、テーブルを叩いたり、ワインをあおるように飲み干して、テーブルに叩きつける者もいた。

そんな様子を、ゆったりとグラスを揺らしながら、ワイン越しに見つめる。

結局、彼らも亡き父と同じだ。『反権力、反貴族』と言いながら、己だけは特別な地位に就いてもいいのだと勘違いしている。自分だけは特別だと、素敵なプレゼントをもらってもいい存在だと思い込んでいる。

「実は、あなたたちに最後に確認したいことがあってお呼びしたんです」

ルカはもっていたワイングラスを置いて、腹の上で祈るように指を絡ませる。

「――最後？」

「はい。リーゼロッテの十六歳の誕生日に、毒入りケーキを贈ったのはあなたたちですね」

その瞬間、部屋の空気が一気に冷たくなった。

語るに落ちるとはまさにこのことだ。

「ずっと、おかしいと思っていたんですよ。彼女はあの宮殿で見捨てられた存在だった。なのに誕生日に豪華なケーキが届いて……兄妹の誰かだろうと当時は思っていましたが、彼らにはリズを殺す理由がない」

「な……」

「リズが死んだところで宮廷の勢力図はまったく変わりません。死んでもいい存在だったから、殺そうとしたんでしょう。それ以上の理由はない。あなたたちの目的は、俺に主殺しの罪をかぶせ、排除することだったんだから」

ルカははぁ、とため息をつき、深紅の瞳で彼らを見つめる。

「父はあなたたちのリーダーではありましたが、なんの役にも立ちませんでした。ただ身分だけは高かった。反貴族といいながら、結局身分に縛られているのはお笑い種ですが、その後、順当に若い俺が跡を継いで、次のリーダーになることが、気に入らなかったんでしょう？」

真ん中あたりに座っていた男が、慌てたように立ち上がるが、

「まぁ、落ち着いて」

ルカはやんわりと微笑み、男を再度椅子に座らせる。

「だが俺は、姫様の代わりに毒入りのケーキを食べ、一度死にかけたことによって、精霊

から加護を得てしまった。使える存在になったから、排除するのをやめた」

ルカはまるで他人事のように、淡々と言葉を続ける。

先ほどの威勢はどこにいったのか、貴族たちは全員震えあがり真っ青になっていた。

彼らは周囲を見回し、思い出していた。

この郊外の屋敷には物々しいほどの警備がいたことを。

皇帝がお忍びでやってきているのだから、そのくらいは当たり前だと思っていたが、もしかしたらそうではないのかもしれない。

ここから誰一人、逃がさないためかもしれない。

その可能性に、ここにいる二十人全員がようやく気づいた。

「る、るか、いやっ、陛下ッ！　お待ちくださいッ！」

ひとりが直立不動になるや否や、残り全員もまた、弾けるように立ち上がった。

「お許しください陛下ッ!!」

「我々が間違っておりました！　リーゼロッテ様はいまや聖女！　これからはあなたと聖女様に間違いなく忠誠をッ……」

そう、叫んだひとりの男が、突然血を吐いてうつぶせにテーブルに倒れこんだ。

「きゃああ!!　グウッ……」

隣の女性が悲鳴を上げるが、彼女もまた喉を押さえて、椅子から転げ落ちる。

二十人の貴族たちが、バタバタと血を吐き倒れていく中、ただひとり座っていたルカは、組んでいた足を下ろし椅子から腰を上げた。

そしてひらりとテーブルの上に飛び乗り、かつての仲間たちをさげすんだ目で見下ろす。

「ゲホッ、が、ッ、ワインにっ……」

飲んだ量が一番少なかったのだろう。

老人が震えながら手を伸ばし、朦朧とする意識の中、ルカのブーツの足首をつかむ。

「だまし討ち、とは、ひ、ひきょうだぞっ……！」

「だまし討ちなんてとんでもない。俺もある意味同罪ですよ。だから同じものを飲みました」

次の瞬間、ルカの唇の端から、つうっと赤い血がこぼれ落ちる。

そう、ルカも彼らと同じ劇薬を口にした。彼らを欺くために。

「死ね。姫様を害するものは、みな死ね。彼女の過去も未来も、全部俺のものだ」

ルカは親指で血をぬぐいながら、彼ら全員、二十人の息の根が完全に止まるまで見守っていた。

うめき声と悲鳴が完全に消えた頃、窓の外の太陽もまた沈み始めていた。

赤い夕陽がルカの頬を照らし、それからブーツをつかんでいた老人の手がだらりと離れる。

「お前たちは、かつて姫様が葬られたことになっていた、共同墓地という名のゴミ捨て場に捨てられる。名を残すこともできない。誰からも惜しまれず朽ち果てるがいい」

ルカはそう言い切ると、踵の音を響かせながら血まみれのテーブルの上を歩く。

彼の通った後には二十の死体があったが、ルカは一度も振り返らなかった。


「――カ、ルカッ！」

体を揺さぶられて、ハッとする。

目の前には愛するリーゼロッテがいて、心配したようにこちらを見上げていた。

「急に黙り込んでしまって……大丈夫？」

彼女の無垢な心配に、ルカは小さくうなずいた。

「すみません……少し……疲れているみたいですね」

まだ腹の奥がじりじりと焦げている気がする。

太陽が昇っているうちは、劇薬を飲んでも死なないのが精霊の加護だが、痛みがないわけではないのが玉に瑕だ。

自嘲しつつ謝罪の言葉を口にすると、リーゼロッテがルカの頬をそっと両手で包み込む。

「あなたは毎日働きすぎなのよ。今日は早く休んだ方がいいわ。顔色も悪いし……」

「……そうですね。今日は仕事をしすぎたようです。俺が眠るまで、手を握っていてくれかった。

つかまれたブーツにも、上着にも血の跡が残っていたが、リーゼロッテには気づかれなかった。

ルカはやはり身に着けるものは今後も黒一色にしようと思いながら、リーゼロッテの肩を抱き、薔薇の庭を歩く。

（リズの力を巡って、これからは帝国の外でも争いになるかもしれない。だが、彼女を悲しませることはもう二度としない。すべての障害は俺が排除する。愛する君のために）

ルカにとってこれは修羅の道の始まりではあるが、なにも怖くはなかった。

ふと、ロッカの瘴気に汚されていた大樹を思い出す。

あれは自分だ。自分は瘴気だ。多くの泥を吐き出し人を殺す、汚れた存在だ。

だが、それでいい。ルカはリーゼロッテの代わりに、すべての泥をかぶるつもりでいる。

（姫様はただ、幸せに笑ってくだされば、それでいい……）

そう思いながら歩いていると、

「――あのね、ルカに贈り物があるのよ」

ルカを支えながら歩いているリーゼロッテが、ふと思い出したように口を開く。

ますか？」

「ええ、勿論よ」

リーゼロッテは花のように微笑んで、それからルカの背中をさすりながら歩き始める。

「――贈り物？」

「ええ。いつも頑張っているあなたに、ちょっとしたプレゼントなのだけれど……」

そこでリーゼロッテは立ち止まり、胸元から小さな包みを取り出した。

「それは」

「その、初めてで……あまり上手にはできなかったけれど」

リーゼロッテは少し恥ずかしそうに笑って、包みをルカに差し出した。

まさか自分が彼女から形のあるものを賜(たまわ)れると思っていなかったルカは、半ば茫然と、夢見心地でそれを受け取る。

おそらくラッピングも自分でやったのだろう。少し斜めになっている深紅の細いリボンをほどき、包みを開いて息をのんだ。

それはハンカチだった。シミ一つない白いハンカチの隅っこに、おそらく精霊フィンをかたどった白黒ハチワレ猫と、そしてルカの名が刺繍されている。

その『白さ』を目にした瞬間、ルカは脳天を殴られたようなショックを受けた。

「ルカ……」

ハンカチを持ったまま立ち尽くすルカに、リーゼロッテが寄り添う。

「へ……へたくそでごめんなさいね。本当、私って気の利いたプレゼントなんて思いつかなくて……」

しょぼんと萎れる彼女に、ルカはハッと我に返る。

「違います……!!　まさかあなたからこんな素晴らしいものをいただけるなんてと、驚いて、本当にビックリして、言葉を失ってしまっただけです！」

慌ててルカはそう言うと、ハンカチを大事に口元に押し当てる。

「あなたの匂いがする」

「そ、そんなわけないでしょ……！」

リーゼロッテは慌てたように、ぽかぽかとルカのたくましい胸板を叩いた後、少し照れくさそうに目を伏せる。

「それはお護りなの。あまり無茶なことはしないでね。私はあなたが無理をしているんじゃないかって思うと、辛いから……」

そうして彼女は、ゆっくりとルカの胸に頬を押し当て目を閉じる。

「いくら昼間は大丈夫だと言っても、怪我をすれば痛いことには変わりないでしょう。ルカ……私を守るように、自分も大事にしてね」

まるで歌うように、諭すように、リーゼロッテはルカに愛を告げる。

そのぬくもりと優しい声。痺れるような多幸感に包み込まれたルカは、

「はい」

と小さくうなずく一方で、戦慄していた。

(――まさか、気づいている？　俺のやったことを……いや、まさか。そんなはずがない)

慎重に、頭の中で何度もシミュレーションして、そう結論付ける。

だが同時に、ルカがいざとなれば自分の血を流すことすら厭わないと決めていることに、気づかれているような気がした。

恐ろしい人だと思うと同時に、昔となにも変わらない、自分が死ねばよかったと泣く彼女の面影が重なり、胸が締め付けられる。

唇を引き結ぶルカの脳裏に、あの日ロッカで見た浄化された大樹がよぎった。

そうだ。

あの大樹はもう泥を吐かないし誰も汚しはしない。

瘴気は浄化されたのだ。

自分もそうなれると、信じていいのだろうか。

正直言えば、己の善性などまったくあてにならないと思っているが、最低限、彼女が生きてそばにいてくれる間くらいは、そうありたいと思わずにはいられない。

(ああ、リズ……俺の姫様。やはりあなたはすごい人だ)

リーゼロッテの華奢な背中を強く抱きしめながら、ルカはバラの香りの中でこれ以上ない幸福に浸ったのだった。

エピローグ　「星降る夜に」

　フィドラーの森の秋の収穫祭は、三日三晩夜を徹して行われる。

　リーゼロッテとルカがフィドラー領に到着したのは、前日の夜で祭りの準備に村中が忙しくしている頃だった。

「おじい様、ただいま！」

「リズ……！」

　馬車から降りたリーゼロッテが屋敷に飛び込むや否や、到着を待ち構えていたフィドラー伯爵が両腕を広げて、そのまま孫娘の体当たりに近いハグを受け止める。

「おっとっと……！　そんな勢いで飛びつかれたら危ないだろう」

「ごめんなさい、久しぶりだから嬉しくて……！」

　リーゼロッテは祖父の痩せた胸板に額をぐりぐりと押し付けた後、背後に立っていたルカを振り返った。

「おじい様、紹介するわ」

「ルカ・クラウスと申します。こうやってお会いできる機会を作っていただいたこと、感謝します」

ルカは皇帝としての名乗りをしなかった。そう、彼がここに来たのは『お忍び』で、表向きは聖女リーゼロッテの里帰りの護衛ということになっているのだ。

それを祖父も理解したのだろう。漆黒の騎士服を身にまとったルカを見て、一瞬どう挨拶するべきか迷ったようだが、いつもと変わらない挨拶を交わし、それからリーゼロッテに咎めるような視線を向けた。

「ごめんなさい、おじい様。でも手紙に書いた通りだから……彼と一緒にいることを許してほしいの」

帝都に行ってから約半年、孫娘がようやく帰ってきたと思ったら、皇帝になったルカと結婚すると言う。困惑して当然だ。

しょぼんと萎れるリーゼロッテに、祖父はいいや、と首を振った。

「違うよ、リズ。お前の選んだ道を、私は反対などしない。ただ愛するお前と暮らした日々がこれで終わるのかと思うと、どうしても寂しくてな」

「おじい様……」

祖父の水気を失った大きな手で頭を撫でられると、じんわりと目に涙が浮かぶ。

それはリーゼロッテもそうだ。この五年、自分を生かしてくれたのはフィドラーの森と、祖父のおかげなのだから。

そこで、祖父と孫の抱擁を眺めていたルカが、控えめに口を開く。

「あとでお話ししようと思っていたのですが……実は帝都に大規模な病院を建設する計画を立ち上げています。ぜひフィドラー伯の御力を貸していただきたい」

「帝都に、病院……？」

ルカの発言に祖父は目を丸くし、何も知らなかったリーゼロッテと顔を見合わせる。

「はい。理念や運営についてまとめた文書もあります。ぜひ話をさせてください」

「ルカ……」

リーゼロッテが名前を呼ぶと、彼はふっと笑って小さくうなずいた。

ルカは、祖父と孫娘が離れ離れにならなくて済む方法を、考えてくれていたようだ。

どうやら祖父とはこれからも一緒にいられるかもしれない。

村中に色とりどりのランタンが灯される今日、村の外では楽しげな旅芸人の音楽が流れている。

「あらぁ〜！　リズ帰ってきたのね！」

リズの姿を見るや否や、村の女たちがわらわらと、嬉しそうに集まってくる。

今晩のリズは、襟の高いリボンブラウスにバックが編み上げのハイウエストロングスカートという、いたって普通の服装だ。そしてルカも着慣れたシャツにパンツ、それに乗馬ブーツを合わせたスタイルである。いつもは首まできっちり留めているが、今日は胸元が開いて鎖骨が見えるのが非常に珍しく、セクシーだ。

「うん。お祭りだから帰ってきたの。準備のお手伝いができなくてごめんなさい」

申し訳なくて顔の前で手を合わせるリーゼロッテに、女たちは「いいよぉ！」と首を振る。

「浄化の仕事で帝都に行ってるんでしょう？　大事な仕事だもんねぇ」

「噂じゃ皇帝陛下に花嫁として、求められてるそうじゃないか」

「まぁ、リズくらいの美人なら、陛下もころっといっちゃうかもしれないねぇ～。でも気を付けるんだよ、男は尻に敷くくらいがちょうどいいんだから、偉い人のお嫁さんにはならないほうがいいよ！」

女たちはリーゼロッテを取り囲んで、わぁわぁと好き勝手な話をした後、リーゼロッテから付かず離れず立っているルカに気づき、ポッと頬を染める。

「それにしてもあんた、いい男だね」

「都会のハンサムだわ」

「どこから来たの？　りんご飴食べる？」

するとルカはフフッと笑って、リーゼロッテの肩を抱き引き寄せた。

「初めまして、皆さん。俺はルカと言います。今日はフィドラー伯に、彼女との結婚の御許しを貰いに来たんです」

「んまあああ!!」

女たちはルカの発言を聞くや否や、いっせいに色めき立ち、ルカを輪になって取り囲む。

「背が高いんだねぇ！」

「眉毛も太くて胸板も厚い、いい男だよ！」

「あんた、リズをちゃんと食わせてやれるの？　この子はうちの村一番の別嬪さんなんだから、幸せにしないと承知しないよ！」

自分より頭ひとつは確実に小さい肝っ玉母さんたちに取り囲まれたルカは、彼女たちに好き放題言われていたが、なにひとつ否定せず、「精進します」と微笑んでいた。

リーゼロッテとルカの結婚式は来年の春を予定しているが、そうなるとさすがにこの村にもニュースが届くだろう。自分たちが取り囲んでやいのやいのと詰めた男が皇帝だと知ったら、ひっくり返るに違いない。

ちなみに今、リーゼロッテはアグネスの厳しい指導のもと、皇妃教育を朝から晩までびっちりと殺人的なスケジュールでこなしている。

（本当は、お祭りだって顔を出せないと思っていたけど……）

正直とても休みたいと言える雰囲気ではなかったのだが、ルカが『フィドラー伯に挨拶をしなければならないので』と言い出し、半ば強引にフィドラー領への里帰りが決まったのである。

感謝を告げるリーゼロッテに、

『祭りを見せてくださると言ったでしょう？』

ルカはそう笑っていた。

それからルカとリーゼロッテは、村の中心のご馳走が並ぶテーブルで収穫祭のために準備されたたくさんの料理を食べ、ワインを飲み、手に手を取ってダンスを踊った。村人たちにとって、リーゼロッテは気安いことで評判の領主の孫娘リズで、ルカは帝都で騎士をしているハンサムな男でしかないのである。

ただ、村の若い男たちの中には、村長の息子を筆頭にリーゼロッテにひそかに思いを寄せていた男がそこそこいて、

「リズにふさわしい男かどうか、確かめさせろぉ～！」

と詰め寄る事件も起こったが、全員片っ端からのされ、ルカの圧倒的勝利で終わった。

「あんたならリズを守れるね！」

勝利を祝う村人たちに背中をバシバシと叩かれるルカは、とても嬉しそうな顔をしてい

た。

リズも笑って、たくさん拍手をしたのは言うまでもない。

「――リズ、少し風にあたりましょうか」

「うん……そうね」

リーゼロッテはルカと手を繋いで、村の中を歩く。

「笑いすぎて頬が痛いわ」

「俺もです。久しぶりに大きな声を出した気がしますよ」

そうしてルカはちらりと無言でリーゼロッテを見つめる。

「――」

フィドラーは収穫の秋を迎え、あたりは黄金の稲穂で埋め尽くされている。村中を飾るランタンが風に揺れて光の帯を作り、ルカの端正な頬を照らす。

こちらを見つめるルカの目が熱く燃えているのを感じて、リーゼロッテは繋いだ指に力を込めた。

目が合うと、好きだと思う。心は激しく燃え、体は彼を求めている。

すぐにわかった。きっと自分たちは今、同じことを考えているのだと。

村の外れの、澄んだ湖のそばには小さな東屋(あずまや)がある。釣り道具やボートが置かれた粗末な小屋だ。

「ここなら、誰も来ないと思うから……あっ！」

彼の手を引いて小屋に入るや否や、正面から抱き寄せられて唇を奪われる。

重なった唇からは、先ほどふたりで分け合って食べたかぼちゃのパイの味がして、それが余計情欲を煽った。

「ん、ンッ……」

ルカの分厚い舌が口内をかき回し、唾液をすする。彼の大きな手がリーゼロッテの胸をつかみ、もみしだく。いつもとは少し違う乱暴な手つきに、ブラウス越しにもかかわらず脳髄がしびれるほどの快感を覚えた。

ルカはリーゼロッテの首元のリボンをほどき、鎖骨に口づけ、スカートをペチコートごとたくし上げながら、太ももの間に手のひらを差し込んだ。

彼の指が下着越しに秘部をなぞる。

「リズ……もう溢れているようですが。いつから濡らしていたんですか？」

ルカが甘い声でささやきながら、下着の隙間から指を差し入れ、くすぐるように動かし始める。

彼の言うとおり、ちゅくちゅくと淫らな音がして、リーゼロッテはもう自分の体が信じられないくらい蕩けているのを感じていた。

「そんなこと、いわないでっ……、あ、あん、んっ……ん、あっ……！」

　小屋の柱に背中を預けたリーゼロッテは、ルカの首に腕を回し、彼の指を受け入れる。蜜壺にすんなり入った指は、リーゼロッテの敏感な入口付近を優しくこすりあげながら、抜き差しを始めた。

「あ、あっ、あぁ～……そこ、あっ……」

「かわいいですね、リズ。このまたくさん気持ちよくなってくださいね」

　そしてルカはその場に跪き、スカートの中に頭を入れる。

「あっ、だめ、きたないからっ……」

　今日はまだ湯あみをしていない。

　慌てて彼を引きはがそうとしたが、ルカは「あなたはなにひとつ汚くありませんよ」とささやき、リーゼロッテの尻を両腕で抱えるように抱きしめ、丹念に秘部を舐め始めたのだった。

「あ、あっ……んっ、あんっ……」

　分厚い舌が花びらをかきわけ、舌先が快感に膨れ上がった花芽を包み込む。ちゅうちゅうと吸われて、リーゼロッテは「ああっ……」と甘い悲鳴を上げて背中をのけぞらせる。

　舌でされるのは気持ちがいいが、すぐによくなってしまうし刺激があまりにも強すぎる。

「あ、まって、るかっ、わたし、すぐいっちゃう、からぁ～……っ……」

舌と指で蹂躙(じゅうりん)されたリーゼロッテは、それから間もなくして宣言通りイッてしまう。

「あっ……！」

膝ががくがくと震えて立っていられない。

思わずよろめくように前かがみになると、正面からルカに抱き留められる。

「大丈夫ですか？」

しばらくリーゼロッテの呼吸が整うのを待って、ルカが尋ねる。

「うん……」

こくりとうなずいたリーゼロッテだが、ふと彼の下腹部が激しく盛り上がっていることに気が付いた。

「ルカも、入れたい？」

「かなり」

リーゼロッテはクスッと笑って、それからルカに背中を向けると、柱にしがみついた。

「来て」

「ああ……あなたをこんなところで……」

リーゼロッテの意図を理解したルカは、震える手でリーゼロッテのペチコートやスカートをたくしあげ、下着を膝までずりおろした。

彼の大きな手が、むき出しになった尻を撫でる。

「もっと後ろに、突き出せますか？」

「こう？」

言われた通り、お尻を持ち上げると、

「いい子です」

ルカは落ち着いた声でそうつぶやき、手早くベルトを外し前をくつろぐ。そして怒張しきった屹立を蜜壺に押し当て、一気に突き上げていた。

「っ、あああっ……！」

いきなりの挿入されたリーゼロッテの目の前に火花が散る。

強い衝撃にリーゼロッテは背中を弓なりにし、ぼろぼろの小屋の天上を見上げていた。来るとわかっていたのに、頭のてっぺんからつま先までしびれるような快感が貫く。

何度受け入れても彼の熱に慣れることはなく、ルカの杭は雄々しく立ち上がり、リーゼロッテの中を激しく分け入る。

「あっ、あ、あっ、あんっ、あっ……！」

突かれるたびに声が漏れて、我慢できない。

一方ルカはリーゼロッテの細い腰を両手でつかみ、己のいきりたった下半身を激しく押し付け、ぐりぐりと回し、またぶつけるの繰り返した。

ふたりの肌がぶつかるたび、パンパンといやらしい音が響く。

ルカは肉棒をギリギリまで抜き、最奥までうがち、また抜いてリーゼロッテの弱いところをえぐる。

「あ、リズッ……あ、クッ……」

いつもは余裕たっぷりのルカだが、今晩は違うようだ。

甘い吐息を漏らしながら一心不乱に腰を振る。

リーゼロッテもルカも、気が付けば髪がほどけていて、月光の下で黒とストロベリーローズの髪が入り乱れていた。

「あ、ルカッ……んっ、やあぁっ……」

一応小屋の中とは言え、窓ガラスすらはまっていない。天井の一部は欠けて星が見える。

人目は遮っているが、声は漏れるだろう。もはや野外である。

祭りの真っ最中にこんなふうに交わるなんて、なんて淫らなんだろう。

遠くからは笛の音が聞こえる。

もはや技巧もへったくれもない、獣に似た交わりだった。

「……あぁ、たまらないな。あなたの中は、柔らかく俺を受け入れて……出ていこうとすると、ぎゅうっと締め付ける。あなたのためなら、俺は一晩中だって腰を振りますよ……！」

「やっ、むりぃ……っ、あああ、んっ、あっ……」

一晩中だなんてこの男ならやりかねないので、それは勘弁してほしい。

気が付けば、体力にあまり自信のないリーゼロッテは、柱にしがみつくことすらできなくなっていた。

「る、るか、もうっ、むりっ……もう、いって、なんかいもっ……あ、ああ～ッ……」

力尽きかけたリーゼロッテの指が宙を舞う。

するとルカは、

「あぶないですよ、リズ」

挿入したままリーゼロッテを背後から羽交い絞めするように抱きしめたのである。

その瞬間、華奢なリーゼロッテの体は宙に浮いた。だが後ろから突き上げるルカの屹立に文字通り串刺しにされたのである。

「ッ～～～……!!」

もう、悲鳴すら出なかった。

「ああ、姫様っ……おれの、リズッ……で、るっ……!」

ルカはぎゅうぎゅうとリーゼロッテを抱きしめ、そのまま最奥で精を放つ。

どくどくと熱いしぶきを体内に感じながら、リーゼロッテはそのまま意識を失ったのだった。

ルカのシャツの上に寝転んだリーゼロッテは、彼の腕の中でぼんやりとしていた。

「――星に、手が届くなんて思いませんでした」

唐突ともいえるタイミングで、ルカがぽつりとつぶやく。

彼の言葉に、リーゼロッテもつられて空を見上げた。

降り注ぐような星空はいつも明るい帝都では見られない。まさに宝石箱をひっくり返したような美しさである。

ルカは熱心に空を見上げていたが、リーゼロッテには見慣れた夜空だ。

「確かに届きそうな、気がするわね……」

すり、とルカの裸の胸に額を寄せると、ルカがリーゼロッテの裸の肩を撫でる。

「いいえ、届いたんです。ただ見上げるだけの星を、俺は手に入れた」

「ふぅん……」

なんのことやらさっぱりわからないが、ルカが嬉しそうなのでいいことにする。

とにかく今は眠くてたまらない。

ワインとダンスと、激しい交わりで、もうリーゼロッテはいっぱいいっぱいになっていた。

（少しだけ眠って、身支度を整えたら村に戻って、またルカと踊ろう……）

リーゼロッテは愛しい男の心臓の音を聞きながら、目を閉じる。

「おやすみ、リズ」

ルカが甘い声でささやき、額に口づける。

彼の体はまだ燃えるように熱く、たぎっていた。

祭りの夜は、終わりそうにない。

あとがき

　こんにちは、あさぎ千夜春(ちよはる)と申します。

　このたびは『追放聖女にヤンデレ皇帝の執愛は重すぎる』をお手に取ってくださってありがとうございました。

　最初書き始めた時は、ここまでねじれたヒーローになるとは思わず、収拾がつくのか不安でしたが、なんやかんやで無事着地できました（着地しています）。

　ルカにとってリーゼロッテは手の届かない星であり、見上げているだけで幸せで、決して自分の手でつかもうなんて思える存在でもなく。なおかつ自分が他人から愛され、尊重されるはずがないと思い込んでいるために、ものすごくすれ違ってしまいました。

　リーゼロッテしか受け止めきれない面倒男すぎるけれど、書いている私はとっても楽しかったです。

でもまぁソーニャ文庫だから、少々ヒーローの性格が歪んでても許してもらえるかな〜という甘えがあったのは否定できない……。

リーゼロッテ一筋で他の女性（人間）には目もくれない男だったので、その点は安心して読んでいただけたかなと思っています。

ルカのビジュに関してですが、執筆当時の私が『眉が太い男』ブームだったため、結構凛々しめなお顔立ちになっております。

天路ゆうつづ先生の手によって美しくも凛々しい、最高の男にしていただきました。感謝しかない。

あともふもふフィンがかわいい！

抱っこしたい。顔をうずめたい。猫ちゃんはなんぼいてもいいですからね。

それではこの辺で。

あとがきまで読んでくださってありがとうございました。

またお会いできたら嬉しいです。

あさぎ千夜春

この本を読んでのご意見・ご感想をお待ちしております。

◆ あて先 ◆

〒101-0051
東京都千代田区神田神保町2-4-7 久月神田ビル
㈱イースト・プレス　ソーニャ文庫編集部
あさぎ千夜春先生／天路ゆうつづ先生

追放聖女にヤンデレ皇帝の執愛は重すぎる

2024年9月6日　第1刷発行

著　　者　あさぎ千夜春

イラスト　天路ゆうつづ

装　　丁　imagejack.inc

発 行 人　永田和泉

発 行 所　株式会社イースト・プレス
〒101－0051
東京都千代田区神田神保町２－４－７ 久月神田ビル
TEL 03－5213－4700　FAX 03－5213－4701

印 刷 所　中央精版印刷株式会社

©CHIYOHARU ASAGI 2024, Printed in Japan
ISBN 978-4-7816-9775-8
定価はカバーに表示してあります。
※本書の内容の一部あるいはすべてを無断で複写・複製・転載することを禁じます。
※この物語はフィクションであり、実在する人物・団体・事件等とは関係ありません。

Sonya ソーニャ文庫の本

『前前前世から私の命を狙っていたストーカー王子が、なぜか今世で溺愛してきます。』　あさぎ千夜春

イラスト 小島きいち

Sonya ソーニャ文庫の本

『年下御曹司の執愛』　あさぎ千夜春

イラスト　炎かりよ

Sonya ソーニャ文庫の本

『二百年後に転生したら、昔の恋人にそっくりな魔導士に偏愛されました』

蒼磨奏
イラスト すらだまみ